Kindheit auf dem Bauernhof

Kindheit auf dem Bauernhof

Bibliografische Information der Deutschen Nationalbibliothek:

Die Deutsche Nationalbibliothek verzeichnet diese Publikation in der Deutschen Nationalbibliografie; detaillierte bibliografische Daten sind im Internet über http://dnb.dnb.de abrufbar.

Autorin:
Gertrud Hörr

Korrektorat:
Autorenclub Donau-Ries

Herstellung und Verlag:
BoD – Books on Demand, Norderstedt

ISBN:
9783754309094

Inhaltsverzeichnis

Ein kurzes Vorwort

Im ersten Teil dieses Buches schildere ich die Erinnerungen aus meiner Kinderzeit.

Soweit es mir möglich war, habe ich versucht, den zeitlichen Ablauf in etwa beizubehalten.

Ich wünsche allen Leserinnen und Lesern eine gute Unterhaltung.

Unser Hof damals

Meine Brüder Ernst, Alfred und Rudolf mit mir

Kindheitserinnerungen

Am 20.11.1954 erblickte ich in Heissesheim das Licht dieser großen weiten Welt. Leider habe ich an diese Zeit, als es das erste Mal Tag um mich wurde, keine Erinnerungen.

Anneliese mit mir und Irmgard

Anneliese mit mir

Meine Wenigkeit

*Heinz m. Irmgard, Anneliese mit mir
Ernst und Alfred*

Es waren schon sechs ältere Geschwister im Haus. Ich weiß nur aus den folgenden Jahren, dass ich zusammen mit meiner eineinhalb Jahre älteren Schwester Irmgard eine ganz normale Kindheit für die damalige Zeit erlebte und dass uns nie langweilig wurde.

Irmgard und ich vor unserem Haus

Heinz mit seinen kleinen Schwestern

Erlebnisse mit meinem Bruder Heinz

Viele Dinge erlebte ich bewusst mit unserem ältesten Bruder Heinz. Er war bei meiner Ankunft bereits 15 Jahre alt und musste auf dem Bauernhof seine ganze Arbeitskraft einbringen. Er hatte damals bereits alle acht Klassen der Volksschule hinter sich gebracht.

Kam Heinz von der Feldarbeit nach Hause, durften wir immer auf dem Rücken der Pferde in den Stall reiten. Wir hatten zwar damals schon einen Traktor, aber die Arbeit damit kostete Geld. Die Pferde brauchten keinen Sprit. Und da sie nun sowieso auf dem Hof waren und gefüttert werden mussten, brauchten sie auch Bewegung. Es waren schließlich Arbeitspferde, die übrigens auf die Namen Ella und Lora hörten.
Waren wir nicht im Hof beim Toben, so hörten wir doch sofort, wenn die Pferde angetrabt kamen. Auf dem Heimweg waren sie meist besonders flott. Also bei diesem Geräusch war unsere Devise – nichts wie raus in den Hof, um das Reiten nicht zu verpassen. Das spielte sich folgendermaßen ab. Erst mussten wir ungeduldig warten, bis unser Heinz die Pferde ausgespannt hatte. Dann durfte jede von uns neben „ihr Pferd" stehen. Mit der flachen Hand an unserem Bauch setzte Heinz uns mit einem Griff auf den Rücken dieser stattlichen Tiere und führte sie in den Stall. Er band die

Tiere fest und gab ihnen ihr wohlverdientes Futter. Gekonnt hob er uns wieder herab und wir sprangen hinaus in den Hof zu neuen Abenteuern.

Ging Heinz zum Melken in den Kuhstall, war das auch oft einen Besuch bei ihm wert. Zu dieser Zeit gab es schließlich noch keine Melkmaschine. Zumindest bei den kleineren Bauern nicht. Der Melker nahm zuerst einen Eimer mit warmem Wasser und einen weichen Lappen. Damit reinigte Heinz den Kühen das Euter. Interessiert verfolgten wir so manches Mal das Geschehen. Nahm er danach mit dem Melkkübel neben der Kuh auf seinem Melkschemel Platz, wurde es für uns erst richtig spannend. Fachmännisch entlockte er dem frisch geputzten Euter die weiße Flüssigkeit. Zwischendurch rief er uns nach hinten zu: „Mund auf" und wir standen unbeweglich auf unserem Platz und hörten auf sein Kommando. Kaum hatte eine von uns den Mund geöffnet, drehte er gekonnt eine Zitze der Kuh in diese Richtung und zielsicher landete ein Milchstrahl auf der Zunge, so dass wir nur noch schlucken mussten. Zu dieser Zeit hatten wir viel Freude an diesem Genuss. Meine Schwester mag warme Milch nur noch im Kaffee so gerne wie damals. Mein Bedarf danach ist allerdings seit langem in allen Variationen gedeckt.

Legendär war auch die musikalische Unterhaltung, für die Heinz in seiner Freizeit sorgte. Er hatte eine Zither und verstand es vortrefflich, ihr die schönsten Töne zu entlocken. Zumindest klang es in unseren Ohren so. Aber er konnte wirklich gut damit musizieren. Ebenso mit der Blockflöte.

Allerdings konnte er dabei nicht singen, da er ja ins Instrument hineinblasen musste. Doch uns gefiel es besonders gut, wenn er auf seiner Zither spielte und dazu auch noch sang. Da konnten wir unendlich lange zuhören und fasziniert die Bewegungen seiner Finger verfolgen.

Unser Heinz war für viele Dinge zuständig. So machte er auch sonntags bei schönem Wetter Fahrradausflüge mit uns. Zu dieser Zeit gab es ja noch nicht die kleinen, raffinierten Kinderfahrräder wie heute. Wir durften zwar einen alten Roller aus Holz unser Eigen nennen. Damit brausten wir so manches Mal über Stock und Stein. Hin und wieder landeten wir auch auf der Nase oder bremsten mit den Knien. Das gehörte eben dazu. Aber die Fahrradausflüge mit Heinz waren immer interessant.

An Vaters Fahrrad war auf der Querstange ein kleiner Kindersattel befestigt. Darauf durfte meine Schwester Platz nehmen. Für mich hängte er vorne am Lenker einen Kindersitz, so dass ich zu ihm schaute und logischerweise auch Irmgard entgegen. Dieser Sitz war eine Art Korbsessel mit Fußstützen. So zeigte Heinz uns manche Dinge in der Natur und erklärte uns bestimmte Bäume, Pflanzen und Tiere. Oft konnten wir Rehe, Fasanen, Rebhühner, Hasen und anderes Getier beobachten. Da zu dieser Zeit im heutigen Naturschutzgebiet „Höll" noch Torf abgebaut wurde, erklärte er uns auch, welche Gefahr das Moor in sich birgt und auf was man zu achten hätte.

Aber nicht nur im Sommer erlebten wir vieles mit ihm. Damals gab es im Winter meistens reichlich Schnee. Also wurde im Hof der Schnee, der zu viel war, auf einen Wagen geladen. Weil die Pferde auch im Winter Bewegung nötig hatten, wurden sie vor den beladenen Wagen gespannt. Am hinteren Ende des Wagens, der damals noch aus Holz war, wurde der Schlitten mit einem Strick angebunden. Dann ging die lustige Fahrt ab ins freie Feld. Trabten die Pferde ruckartig los, purzelten wir manchmal herunter. Das Gespann musste wieder angehalten werden, damit wir erneut aufsteigen konnten. Der Hinweis lautete sofort: „Jetzt haltet euch aber richtig fest." Am Ziel angekommen konnten wir toben und Schneeball werfen oder einen Schneemann bauen, bis Heinz und oft einer der Brüder den Schnee vom Wagen abgeladen hatten. Da dies noch mit der Schaufel geschah, konnte das schon eine Weile dauern. Aber für uns war es lustig. Mit dem leeren Wagen ging es in rasanter Fahrt nach Hause zurück. Niemand machte sich viele Gedanken, ob dabei auch etwas passieren könnte. Außer Heinz. Er war immer besorgt um seine Geschwister. Aber Autos waren damals auf der Straße in und ums Dorf Mangelware. Um diese Jahreszeit sowieso. Da war ein Pferdegespann eindeutig sicherer. War im Winter für Heinz Freizeit angesagt, schaufelte er zwischendurch auch Schnee auf einen Haufen und baute uns eine Rodelbahn. Das war immer ein Erlebnis. Der Schneeberg entstand an einem Ende vom Hof und wenn er gut angelegt war, konnten wir ziemlich weit durch den Hof sausen.

Ab und zu machte er auch einen erlebnisreichen Ausflug mit uns, seinen kleinen Schwestern. Er band einen Schlitten mit einem Strick hinten ans Fahrrad und los ging das Abenteuer.

So zog er uns durch die Gegend und wir konnten gar nicht genug davon bekommen. Unserem Heinz war nichts zu schwer oder zu anstrengend, was uns Freude bereitete.

Mussten wir als Kinder zum Zahnarzt, erledigte diesen Fahrdienst auch manchmal Heinz. Allerdings mit dem Traktor. Da wunderten sich andere Patienten im Wartezimmer schon das eine oder andere Mal, was er für nette Kinderlein hätte. Er freute sich natürlich über dieses Kompliment. Irmgard und ich mussten herzhaft lachen. Einer Patientin fiel dann doch auf, dass er noch zu jung wäre, unser Vater zu sein und fragte genauer nach, wie alt er denn wäre. Bereitwillig antwortete er ehrlich auf diese Frage, wodurch sich herausstellte, dass er unser großer Bruder ist. Dieser Zahnarzt mit dem Namen Popp hieß uns immer mit einer kräftigen Umarmung willkommen. Allerdings war er schlecht rasiert und wir wollten dieses Stupfen überhaupt nicht leiden. Wir brachten das daheim zur Sprache und als Vater das nächste Mal mit uns dort war, musste er dem netten

Herrn Dr. Popp diese Tatsache möglichst schonend beibringen. Er war etwas irritiert, akzeptierte es aber letztlich und begrüßte uns ohne diese unangenehme Tatsache des Stupfens.

Anna

Viele mehr oder weniger interessante Dinge erlebten wir auch mit Anna. Sie war eigentlich nur eine angeheiratete Verwandte und wohnte auf dem Hof nebenan bei unserem Onkel, einem Bruder meines Vaters. Annas Vater heiratete eine Tante von uns, nachdem seine Frau, Annas leibliche Mutter, gestorben war.

Eigentlich war sie eine immer hilfsbereite Person. Egal ob es etwas zu nähen oder flicken gab, oder ob in der Verwandtschaft eine Mutter kurzzeitig ausfiel, Anna war immer zur Stelle. Sie war alleinstehend und hatte sonst keine Familie. Bei den Kindern war sie nicht immer beliebt, denn sie konnte sehr streng sein.

Musste unsere Mutter mit aufs Feld und wir konnten nicht mitgehen, wurden wir nebenan bei Anna geparkt oder sie kam zu uns herüber. Da gab es immer Arbeit für sie.

Wachste sie den Holzboden und brachte ihn hinterher mit dem Blogger auf Hochglanz, freuten wir uns. Abwechselnd oder manches Mal gemeinsam durften wir auf den Blogger sitzen. Anna musste zwar mehr Kraft aufwenden, das Gerät zu schieben, aber durch unser Gewicht bekam der Boden schneller Glanz und wir hatten unseren Spaß. Gleichzeitig hatte uns Anna dadurch immer im Blick, wie sie so schön sagte. Allerdings passierte es hin und wieder, dass wir herunterpurzelten, wenn wir nicht aufpassten oder Dummheiten machten. Das machte uns aber nichts aus. Es wurde einfach wieder aufgestiegen. Auf diese Weise bearbeitete sie auch nebenan bei Onkel und Tante den Wohnzimmerboden, bevor an den Sonntagen Besuch aus der Stadt kam. Auf diese Arbeiten mit Anna freuten wir uns am meisten. Sie hatte eine laute Stimme und konnte sehr gut singen. So sang sie mit uns viele Kinderlieder. Zum Beispiel „Hänschen klein", „Alle meine Entchen", „Gretel Pastetel", „Alle Vögel sind schon da", „Ein Männlein steht im Walde", „Es tanzt ein Bi-Ba-Butzemann", „In Mutters Stübele", „Suse liebe Suse", und viele mehr. Besonders ist mir noch im Ohr, wenn sie mit uns das Lied, „Weil ich Jesu Schäflein bin", gesungen hat. Außer den Liedern hatte sie jede Menge Sprüchlein auf Lager. Ein sehr wichtiges war das Abendgebet, das sie uns lehrte und das wir sehr ernst nahmen und jeden Abend gemeinsam aufsagten:

Müde bin ich geh zur Ruh,
schließe meine Äuglein zu,
Vater lass die Augen dein
über meinem Bette sein.
Hab ich Unrecht heut getan,
sieh es lieber Gott nicht an,
deiner Gnade Christi Blut
machet allen Schaden gut.
Alle die mit mir verwandt,
Herr lass ruh'n in deiner Hand.
Alle Menschen groß und klein,
sollen dir befohlen sein.
Amen.

Die meisten anderen Sprüchlein kenne ich bis heute auswendig. Hier ein paar Kostproben:

Peter und Paul, reiten aufm Gaul
Gaul macht Bolla, dr Peter muss rolla.

Liesabethle, got ins Städtle,
kauft ihrem Alta Schnupftabäkle,
er hot gschnupft, sie hot gschnupft,
sends mitnand ins Bett neighupft.
Er hot gschissa, sie hot gschissa,
honts ihr ganzes Bett verrissa.

Soll dr was verzähla,
von dr alta Behla,
wenn se koi Kartoffel hot
kann se koine schäla.
Gots in Keller, verlierts da Teller,
gots in Garta, verlierts da Schlappa,
got se wieder hoim, fällt se in da Rhein.

Eins, zwei, drei, vier, fünf, sechs, sieben,
wo ist denn der Hans geblieben,
ei er steckt im Butterfass,
ach ihr Leut was soll denn das.

Es war einmal ein Mann,
der hatte einen Schwamm,
der Schwamm war ihm zu nass,
da ging er in die Gass,

die Gass war ihm zu kalt,
da ging er in den Wald,
der Wald war ihm zu groß,
da schiss er in die Hos,

die Hos war ihm zu voll,
da ging er nach Tirol,
Tirol war ihm zu klein,
da ging er wieder heim,

daheim wars ihm zu nett,
da legt er sich ins Bett,
das Bett war ihm zu kurz,
da ließ er einen Furz,
der Furz war ihm zu klein,
da ließ er nochmal ein.

Eins, zwei, drei, vier, fünf, sechs, sieben,
eine alte Frau kocht Rüben,
eine alte Frau kocht Speck
und schneidet sich den Finger weg.

Spiel mit den Fingern

Beim Daumen angefangen bis hin zum kleinen Finger:

Das ist der Daumen,
der schüttelt die Pflaumen,
der klaubt sie auf,
der trägt sie nach Haus
und der kleine Knirps isst sie alle auf.

Mittags mussten wir bei ihr immer eine Weile schlafen. Dazu verbannte sie uns ins Wohnzimmer auf ein kleines braunes Sofa. Dort mussten wir uns so hinlegen, dass wir die Füße gegeneinander streckten. Weil wir aber lieber Blödsinn machten, lachten wir immer wieder laut, so dass Anna uns in der Küche hörte. Dann kam sie in Eile und rief in ihrem badischen Dialekt: „Jetzt wedd gschlofa, abr uffs Wott!" (Übersetzt heißt das: „Jetzt wird geschlafen, aber aufs Wort!" Anders gesagt – sofort.) Sie erzählte mir später noch oft, dass ich das sehr beherzigt hätte, hätte meine Augen zugemacht und auf Kommando geschlafen. Irmgard machte es nicht immer, aber sie musste wohl oder übel für eine Weile Ruhe geben.

Aber sonst waren wir froh, wenn wir mit aufs Feld durften. Solange wir auch bei einfachen Arbeiten nicht mithelfen konnten, fanden wir immer eine Beschäftigung. Egal ob wir versuchten, Heuschrecken zu fangen, anderem Getier nachstellten, Mohnpüppchen bastelten oder was auch immer anstellten. Langeweile kam selten auf. Gingen uns jedoch die Ideen wirklich aus, hatte Mutter welche für uns. Sie zeigte uns auf der noch nicht abgemähten Wiese nebenan, was dort alles wuchs. Unter anderem war auch Kümmel gewachsen. Diese Pflanzen kannten wir damals noch nicht. Sie zeigte uns, welcher schon reif wäre und wie wir ihn aus der Schale bekämen. Sie erklärte uns, dass wir ihn essen könnten, dass er gesund sei und wofür sie ihn beim Kochen verwenden würde. Nachdem wir diese braunen Körnchen probiert hatten, erkannten wir, dass wir sie bereits aus der Küche kannten. Wir hatten eine neue Beschäftigung und gingen auf Entdeckungsreise nach Kümmel. Weil das Ausschälen der kleinen Frucht mühsam war, waren wir lange damit beschäftigt. Es machte jedoch Freude, für die Mutter etwas geerntet zu haben.

Bei der Ernte im Sommer konnten wir nicht wirklich helfen. Höchstens ab und zu ein wenig liegen gebliebenes Heu zusammenrechen. So hielten wir uns zwischendurch am Ufer des kleinen Entwässerungsgrabens auf, beobachteten dort die emsigen Wasserspinnen, drehten aus Lehm Kugeln, die sich sehr gut als Munition eigneten, um das Zielen auf ein bestimmtes Objekt zu üben oder einfach so zum Spielen. An der Böschung hüpften oft die jungen Fröschlein. Es hat uns Spaß gemacht, eine Hand vor diese Tierlein zu legen und mit der anderen von hinten ganz vorsichtig anzutupfen. Hüpfte das Fröschlein los, landete es unweigerlich in unserer Hand. Es lag uns fern, den kleinen Hüpfern weh zu tun, wir wollten sie einfach kurz auf der Hand halten, dann durften sie im Gras weiter ihrer Wege hüpfen. Es war jedoch genauso unterhaltsam, den Erwachsenen beim Aufschichten der Garben zuzuschauen. Fünf Garben wurden immer zusammen aufgestellt mit den Ähren nach oben, damit das Korn trocknen konnte. Unter diesen aufgestellten Garben war ein schattiges Plätzchen für uns. Wir mussten jedoch immer der Mutter sagen, unter welches Häuschen wir krochen, dass sie genau Bescheid wusste, wo wir im

Notfall zu finden wären. Es war genauso spannend, wenn die Erwachsenen das Heu mithilfe einer großen Gabel auf den Wagen luden. Eine Person war dort oben und musste es so ansetzen, dass möglichst viel draufpasste und dass auf dem Heimweg nichts verloren ging. Mutters Aufgabe war es immer, mit einem sogenannten Schlepprechen das liegengebliebene Heu zusammen zu rechen. Besonders interessant fanden wir Vaters Sonnenschutz. Brannte die Sonne zu stark, machte er in sein großes Taschentuch, das er zu diesem Zwecke extra frisch, also unbenutzt mitgenommen hatte, an jede Ecke einen Knoten und setzte es auf den Kopf. Das war ein zweckmäßiger Sonnenschutz.

Die Ernte war damals anstrengend und da brauchten die Leute auch etwas zu Trinken. Da es auf dem Dorf weder Mineralwasser in Flaschen, geschweige denn Limonade oder ähnliches gab, holte Mutter einen großen Strauß frischer Kräuter aus dem Garten. Meistens Pfefferminze und Melisse. Diese legte Mutter in ein großes Gefäß und übergoss sie mit kochendem Wasser, so entstand ein erfrischender Tee. Abgekühlt wurde dieser in Bügelverschlussflaschen abgefüllt. Die Flaschen wurden in einem mit frischem, darum kaltem Klee ausgekleideten Weidenkorb hineingestellt, immer wieder mit Klee umhüllt und obenauf diente eine letzte Schicht davon als Abdeckung. So hielt sich das Getränk lange kühl. Diese Anwendung war praktisch der Vorläufer der heutigen Kühlboxen. Den immer vorhandenen Most konnte man schließlich nur nach Feierabend zur Brotzeit trinken. Überhaupt war so ein Tee aus frischen

Kräutern vor allem im Sommer das Hauptgetränk. Aber auch im Winter, da wurde er eben warm getrunken.

Brauchten wir abends zuhause noch eine Beschäftigung, wuschen wir unsere Füße auf unsere eigene Art und Weise. Das ging folgendermaßen:
Wir hatten einen großen Gemüsegarten, in dem auch Beerensträucher aller Art standen. Die großen Beete waren mit ca. fünfzehn bis zwanzig Zentimeter hohen Betonkanten und einem Weg zum Laufen abgegrenzt. Diese Höhe der Einfassung war gerade recht für uns zum Sitzen. Also mit der gefüllten Gießkanne einen schönen Sitzplatz gewählt in der Hoffnung, dass am Beet hinter uns nichts angepflanzt oder gesät war, und los ging's. Wir machten uns mit dem Gießwasser die Beine nass, griffen im Gartenbeet nach der feinen Erde und „seiften" damit unsere nassen Füße ein. Das war vielleicht ein herrliches Gefühl. Heute würde man sowas Peeling nennen. Nach fleißigem Reiben mit der „Erdseife" brausten wir uns gegenseitig mit dem Wasser wieder sauber. Danach fühlten wir uns frisch und konnten weiterziehen zu neuen Abenteuern.
Wir freuten uns jedoch genauso, wenn wir ein kurzes Bad in den Wannen nehmen durften, welche mit Wasser gefüllt bereitstanden, um tagsüber warm zu werden, dass Mutter am Abend den Garten damit versorgen konnte.
Mit Sand zu spielen gehörte ebenfalls zu unserem Zeitvertreib. Eigentlich sollten wir nur mit dem „normalen" grauen Bausand spielen. Nebenan jedoch war ganz feiner gelber

Sand aufgeschüttet. Damit war es viel interessanter. Wir bedienten uns im Garten mit etwas Wasser, befeuchteten den Sand leicht, setzten uns hin und gruben unsere Füße damit ein. Nach dieser „Arbeit" hieß es vorsichtig sein, den Sand am oberen Rand langsam zu lockern und die Füße heraus zu ziehen. Gegenseitig ermahnten wir uns, ja nicht die Zehen zu bewegen oder zu hastig zu agieren, dass dadurch das entstehende Bauwerk nicht einstürzte. So entstanden Höhlen, Burgen, Garagen und vieles mehr.

Auch Rudolfs Hasen haben es uns angetan. Wir freuten uns immer, wenn wir sie besuchen durften. Es war uns jedoch strengstens untersagt, auch nur den Versuch zu starten, ein Türchen zu öffnen. Aber es war uns erlaubt, durch das Gitter Löwenzahnblätter hineinzustecken, so dass die Hasen von innen her daran knabbern konnten. Es war ein Spaß, ihnen zuzuschauen, wie sie sich die Blätter mit Genuss schmecken ließen.

Besuche

Machte Vater an Sonn- oder Feiertagen bei Verwandten im Dorf einen Besuch um zu besprechen, wer ihn in der kommenden Woche in die Stadt mitnehmen könnte oder auch andere Dinge, nahm er oft uns Mädchen mit. Wir begleiteten ihn gerne und Mutter hatte es in dieser Zeit etwas ruhiger. War es doch eine willkommene Abwechslung für uns und ab und zu gab es etwas zum Naschen. War es Zeit zur Heimkehr ging Vater mit uns bis zur Tür, blieb mit der Türklinke in der Hand stehen, um die Unterhaltung fortzusetzen, bis wir weiter wollten. Also ging er einige Schritte weiter und stoppte von neuem. Nach etlichen Anläufen mit weiteren Unterbrechungen, in denen immer wieder jemand etwas zu sagen wusste, wurde es endlich wahr, dass wir wirklich nach Hause gingen. Das war jedes Mal die gleiche Prozedur und trotzdem wollten wir ihn immer wieder begleiten.

Kamen die Verwandten aus der Stadt zu uns auf Besuch, freuten wir uns stets auf ein kleines Mitbringsel. Zum Abendessen wurde im Wohnzimmer der Tisch fein aufgedeckt. Das Wohnzimmer hatte diesen Namen eigentlich zu Unrecht. Wurde es doch nur bewohnt, wenn Besuch aus der Stadt kam. Die Onkel, aber auch die Tanten freuten sich auf den Most, den es bei den Bauern gab. Hatten sie sowas doch zuhause nicht. Irmgard und ich warteten immer bis sich die Besucher verabschiedeten. Meist standen sie noch vor ihren damals schicken Autos und redeten eine Weile. Das war unsere Gelegenheit. Wir gingen rund um den Tisch, jede von einer anderen Seite. So versuchten wir aus jedem Glas der Gäste noch den letzten Tropfen Most zu erwischen, welchen die Erwachsenen nicht ganz ausgetrunken hatten. Es war uns damals egal, wer vorher die Gläser benutzt hatte, Hauptsache, es war nicht ganz leer. Wir freuten uns über jeden kleinen Tropfen, den wir erhaschen konnten.

Sehr aufregend und interessant war es immer wieder aufs Neue, wenn unsere Tante Karoline vom Nachbarhof zu uns herüberkam. Sie hatte meist eine Trägerschürze an. Trug sie diese von unten nach oben zusammengerafft und mit einer Hand festhaltend, wussten wir sehr genau, dass da wieder ein paar Süßigkeiten für uns drin waren, die sie uns sehr oft mitbrachte. Sie war die Frau von Onkel Willi, dem Bruder unseres Vaters. Er bewirtschaftete den Nachbarhof, der für ihn vom elterlichen Hof, den mein Vater bewirtschaftete, abgetrennt worden war. Die beiden hatten nur einen Sohn, der im gleichen Alter war wie unser Bruder Rudolf. Also wuchs er nebenan in vielen Dingen fast so auf, als wären wir eine Familie. Vor allem dann, wenn die Jungs wieder einmal Streiche spielten. Die Tochter von Onkel und Tante lernte ich nicht kennen. Sie verstarb im Alter von acht Jahren, kurz bevor besagter Sohn Willi geboren wurde. Dabei hätte meine Tante so gerne mehr Kinder gehabt. Was lag da näher, als dass sie uns Mädchen ab und zu für einen

Nachmittag zu sich nahm, um unsere Mutter zu entlasten und zu ihrer eigenen Freude. Sie kam dann immer herüber zu uns und nahm uns Beide auf die Arme. Also eine links und eine rechts und trug uns so zu sich heim. Wir hätten ja genauso gut laufen können, da wir immerhin schon ein paar Jahre alt waren. Aber sie nahm uns so gekonnt hoch, und es machte uns Spaß, so auf ihren Armen getragen zu werden.

Sie nahm sich immer Zeit für uns und wir durften bei ihr spielen. Wir hatten eigentlich daheim auch die Möglichkeit für viele Dinge. Aber bei ihr war es eben anders.

War es dann Zeit heimzugehen, wussten wir, dass es noch eine Süßigkeit gab. Und wenn Tante Karoline nicht gleich reagierte, warteten wir in ihrem Hausgang und erinnerten sie so lange daran, dass wir jetzt heim müssten, bis sie endlich in ihre „Nebenstube" ging und wir es rascheln hörten. Da schauten wir einander freudig an, weil wir wussten, jetzt gibt´s noch etwas zum Abschied. Und das nutzten wir gerne, denn bei uns in der Familie unter „vielen Kindern" gab es nicht so oft etwas zum Naschen. Das passierte höchstens zwischendurch sonntags, wenn Vater einen guten Tag hatte. Dann wurde eine Tafel Schokolade verteilt. Man kann sich ausrechnen, wieviel pro Kind übrig war.

Bei einem dieser „Schokoladentage" zu Hause passierte mir jedoch ein Missgeschick. Die Brüder versuchten öfter, sich gegenseitig und auch von uns ein Stückchen zu stibitzen. So kamen sie auf die Idee, dass sich jeder ein Versteck für seinen Anteil suchte. Wir waren zwar noch klein, aber wollten unsere Schokolade trotzdem für uns behalten. Also suchten wir auch ein Versteck, das die Jungs nicht finden sollten. Weil wir noch nicht so erfinderisch waren, fragten wir die Mutter nach einem geeigneten Plätzchen in der Speisekammer. Auf einem Regal standen allerlei Utensilien, Haushaltsgegenstände, sowie leere und volle Schmalztöpfe. Sie meinte, die vorderen Töpfe wären leer. So könnte jede von uns ihren Schokoladenanteil in einen eigenen Topf hineinlegen. Hier würden die Brüder sicher nicht suchen, da selbst die leeren Töpfe mit einem Teller oder Deckel abgedeckt waren. Irmgard öffnete den ersten Topf und ließ ihre Schokolade hineinfallen. Wir hörten sie auf dem Topfboden ankommen. Da blieb für mich der zweite. Als ich den Deckel anhob und meinen Vorrat hineinfallen ließ, hörten wir, dass es blubb, blubb machte. Wir wussten sofort, dass dieser Topf wohl nicht leer war. Unser Weg führte sogleich wieder zur Mutter, weil wir zwar hinlangen konnten aber nicht hineinschauen. Als Mutter sah, welches Gefäß ich als Versteck nehmen wollte, fiel ihr ein, dass sie in diesem Öl fürs Ausbacken lagerte. Sie fischte mir meine Schokolade heraus, wusch sie kurz ab und trocknete sie. „Die kannst du trotzdem noch essen." Was soll ich sagen, sie schmeckte eben nach „Küchle", einem Krapfen ähnlich, aber auch nach Schokolade. Daraus zog ich die Lehre, dass ich mir meine Verstecke in Zukunft genauer ansehen musste.

Sehr lecker waren auch die Mohrenköpfe, die es hin und wieder bei Tante Karoline gab. Vorsichtig haben wir zuerst oben die Schokolade wie einen Deckel abgehoben und gegessen. Im zweiten Gang holten wir vorsichtig mit dem Finger das Innere heraus und schleckten es ganz langsam ab.

So hatten wir eine ganze Weile puren Genuss von einem einzigen Teil.

Dazwischen immer wieder ein Stückchen von der Schokohülle, bis am Ende nur noch der Waffelboden übrig war. Als wir auch diesen vernascht hatten, war dringend Wasser nötig für Mund und Hände.

Lustig fanden wir immer, wenn bei Tante Karoline die Melkzeit vorbei war. Damals wurde die Milch noch durch ein Filter in die Metallkannen gegossen. In dem Filter befand sich eine sogenannte Wattescheibe. Das war ein watteähnliches rundes Teil, welches zwischen zwei Metallplatten mit kleinen Löchern in eine Art Trichter gelegt wurde. Da hindurch wurde die Milch abgesiht, falls beim Melken irgendetwas in den Eimer gefallen sein sollte. Nach dem Melken wurde die Wattescheibe entsorgt. Auf Tante Karolines Hof lebten etliche Katzen. Sie stellte immer Schüsselchen auf, drückte die restliche Milch aus der Wattescheibe und goss dazu etwas frische Milch in die Schälchen. Dann rief sie ihre Katzen, jede mit ihrem Namen. Weil Tante Karoline aus

dem Württembergischen stammte, hörte sich das Rufen folgendermaßen an: „Hänsale, Gretale, Peterle, Rosale, Sofale, kommat älle, griegat dr was zom fressa."
Aus allen Himmelsrichtungen kamen daraufhin die Katzen gesprungen und freuten sich an der frischen Milch.

Unser Vetter Heinz macht Ferien

Im Sommer durfte unser Vetter Heinz aus Heidelberg seine Sommerferien bei uns verbringen. Er ist genauso alt wie ich und war immer ein lustiger Spielkamerad. Er war aber als Stadtjunge viel raffinierter als wir in unserer kleinen Welt. War er hier, mussten wir unser Zimmer mit ihm teilen. So schliefen Irmgard und ich eben in einem Bett und Heinz im anderen.

Damals sorgte besagte Anna stets dafür, dass wir um sieben Uhr beim Gebetläuten ins Bett mussten. Das war Heinz aber zu früh. Also stieg er durchs Fenster hinaus zum Hof (mit unserer Hilfe kein Problem) und tollte noch eine Weile draußen rum. Wir passten im Zimmer auf und als Heinz zurückkehrte, öffneten wir das Fenster und halfen ihm ins Zimmer. Eines Abends entdeckte ihn Anna durchs Küchenfenster. Sein Glück, dass er sie auch bemerkt hatte und wir schnell genug waren, das Fenster auf- und wieder zumachten und uns alle brav ins Bett legten. Heinz aber mit seiner kompletten Kleidung. Anna konnte auch Schläge austeilen, aber immer nur mit der flachen Hand aufs Hinterteil. Das erahnte sie unter der Bettdecke und klopfte drauf. Da Heinz praktischerweise Lederhose trug, machte ihm das nichts aus.

Diese Lederhose hatte er über die gesamte Ferienzeit an. Seine Mutter wollte damit verhindern, dass meine Mutter zusätzliche Arbeit mit seiner Wäsche hatte. Am Abend stellte er sie sprichwörtlich vor dem Bett ab und konnte morgens wieder hineinsteigen. Das war für uns interessant. Meine Brüder durften nämlich nie Lederhose tragen. Mutter war der Meinung, die seien schmutzig und man könne sie am Samstag nicht zur Wäsche geben. Wäsche wurde damals hauptsächlich am Wochenende nach dem samstäglichen Bad gewechselt, wobei sich auch mehrere Kinder ein Badewasser zu teilen hatten. Wasser war schließlich kostbar. Heinz wagte es ab und zu gegen Anna eine freche Antwort zu geben oder einen Spruch zu tun, den wir uns nicht getraut hätten. Ein paar Hiebe, die er daraufhin mit flacher Hand auf die Lederhose einfing, waren ihm egal. Die taten Anna mehr weh als ihm. Irgendwann versuchte sie, ihn einfach zu ignorieren. Und als sie ihren Ärger nicht mehr zeigte, machte es ihm auch keinen Spaß mehr, sich etwas gegen sie einfallen zu lassen.

In unserem Zimmer hatten wir in der Mitte einen langen, schmalen Fleckerlteppich liegen. Konnten wir grad nicht ins Freie, weil das Wetter es nicht zuließ, brauchten wir drinnen Bewegung. Also machten wir die Zimmertüre auf, nahmen im Flur Anlauf und sprangen auf den Teppich, um zu „rutschen", so als wären wir im Winter auf dem Eis. Der Teppich rutschte unter unseren Füßen und wir sausten so durchs ganze Zimmer. Meistens gingen diese Fahrten gut aus. Nur die Mutter durfte uns nicht erwischen. Einmal allerdings blieb ich mit dem Arm am Schlüssel einer Schranktüre hängen. Das war nicht gut. Denn wir mussten sehen, wie wir das wieder hinkriegten. Durch meinen Aufprall verbog sich der Schlüssel im Schloss und außerdem bekam ich einen riesigen blauen Fleck am Arm, der mehrere Tage wirklich schmerzhaft war. Meine Mutter hatte wenig Mitleid. Sie meinte nur, ich wäre selber schuld.

Eine andere Sportart im Haus nannte sich auch „Treppenrutschen". Man setzte sich auf die oberste Stufe der Holztreppe und rutschte immer schneller von einer Stufe zur anderen. War es zu langsam, legten wir einen Fußabstreifer unter den Hintern. Das bekam Geschwindigkeit. Da mussten wir höllisch aufpassen, dass wir unten die Kurve kriegten, sonst knallten wir gegen die Wand. Meine Brüder, die allesamt älter waren, sausten manchmal auf dem Geländer vom oberen Stockwerk ins Erdgeschoß. Aber das war uns Mädchen doch zu schnell und zu hoch.

Robert kommt an

In unserer Kindheit erzählten uns die Erwachsenen, dass der Storch die kleinen Babys bringt. Als unsere Mutter schwanger war, erfuhren wir das nicht einfach so. Wir waren nicht so aufgeklärt wie die heutigen Kinder.

Besagte Anna bereitete uns auf ihre ganz eigene Weise auf das neue Geschwisterchen vor. Jeden Abend bekamen Irmgard und ich jeweils einen Würfel Zucker und durften ihn aufs Fensterbrett legen. Dazu sangen wir gemeinsam folgenden Text:

„Storch, Storch, guter,
bring mir einen Bruder,
Storch, Storch, bester
bring mir eine Schwester."

Schließlich wussten auch die Eltern damals nicht, ob da nun ein Junge oder ein Mädchen ankam.

Als wir morgens nachschauten, war der Zucker weg. Wir waren uns sicher, dass der Storch ihn geholt hatte. Am Abend also die gleiche Prozedur. So ging das einige Zeit. Wir glaubten felsenfest an das Geschehen mit dem Storch und wussten nicht, dass wir jeden Abend den gleichen Zucker bekamen, den Anna immer hinter unserem Rücken wieder an sich nahm. Zu den folgenden Begebenheiten muss man wissen, dass auf einem Bauernhof damals noch viele Dinge anders waren als heute. Fast auf jedem Hof gab es Hühner.

So auch bei uns. Ab und zu kam es vor, dass ein Huhn die Diphterie hatte. Für diese Fälle war bei den Tiermedikamenten ein Fläschchen mit einer Tinktur vom Tierarzt, welche dem betroffenen Huhn in den Schnabel gepinselt wurde. Dazu wurde es eingefangen und um dieses Prozedere durchzuführen, wurde das Huhn von einer Person festgehalten und von einer zweiten musste das Einpinseln erledigt werden. Das kranke Tier versuchte sich dabei zu wehren und schrie aufgrund der Erkrankung etwas seltsam. Und so kam es, wie es kommen musste. Meine Schwester und ich wachten eines Nachts an seltsamen Schreien auf. Zum einen hatten wir noch nie zuvor ein Neugeborenes schreien hören und zum anderen wussten wir ja nicht, dass wir tatsächlich ein Geschwisterchen bekommen sollten. Wir glaubten zwar fest an die Gesänge für unseren Storch, aber wir waren ja nicht allein und vermissten eigentlich nichts. Allerdings wunderten wir uns über den Lärm und warum dieses kranke Huhn gerade mitten in der Nacht behandelt werden musste. Als wir jedoch die Türe zum Schlafzimmer der Eltern öffnen wollten, war sie versperrt. Unsere bei Besonderheiten stets anwesende Anna rief uns nur zu, wir sollten schön still sein, dann würde sie uns in Kürze zu einer ganz besonderen Überraschung abholen. Wir waren natürlich sehr gespannt und auch aufgeregt. Noch nie waren wir in einer solchen Situation. Also hieß es einfach warten.

Nach einer gefühlten Ewigkeit wurde endlich die Türe zum elterlichen Schlafgemach aufgesperrt und da lag dann die angekündigte Überraschung. Es war kein Huhn, das wir zuvor krächzen gehört hatten, nein, es war unser neugeborenes Brüderchen, das friedlich in seinem kleinen Bettchen lag. Wir waren total überwältigt und waren uns sicher, dass der Storch unsere Bitte gehört und unseren Wunsch erfüllt hatte. Leider durften wir nur ganz kurz und vorsichtig über dessen Wange streicheln und mussten dann ganz schnell wieder zurück in unsere Betten.

Butterherstellung

Unsere Mutter stellte oft selber Butter her. Jeden Tag wurde der Rahm von der kalten Milch abgeschöpft, bevor wir sie verbrauchten und eigens in einen Topf im Kühlschrank aufbewahrt. Reichte die Menge aus, wurde sie ins Butterglas gegossen.

Das war ein viereckiges hohes Glas   mit Schraubgewinde, auf welches das dazugehörige Rührwerk aufgesetzt wurde. Mittels einer Kurbel rührte man den Rahm so lange, bis sich

die Butter von der Molke getrennt hatte. Das Rühren konnten hin und wieder wir übernehmen. Wir empfanden es nicht als Arbeit. Es machte Spaß zuzusehen wie Butter entstand. Die festen Butterteile fischte Mutter aus dem Glas in eine Schüssel mit kaltem Wasser und formte die Butter zu einer Stange. So konnte man eigene Butter aufs Brot streichen oder aber zum Kochen und Backen verwenden. Die übrige Molke, die für uns unbrauchbar war, bekamen die Schweine ins Futter. Denen schmeckte das vorzüglich, das konnte man am Schmatzen hören, während sie es verzehrten.

Mutige Schwester

Eine eher schmerzhafte Begegnung in meiner Erinnerung war ein Gockel, der oftmals sehr angriffslustig war. Ich war wieder einmal mit Irmgard zusammen im Hühnergarten unterwegs. Sie sollte den Hühnern Futter bringen und damit ihr das mehr Spaß machte, sollte ich sie begleiten. Doch besagter Gockel fand wohl unsere Anwesenheit nicht so gut. Und weil ich ziemlich klein und zierlich war, (was man mir heute nicht mehr ansieht), war ich anscheinend für ihn das perfekte Opfer. Er flog mich kurz an und landete mit voller Wucht auf meinem Kopf. Bis sich Irmgard nach mir umdrehte, machte er sich schon zum Krähen bereit. Natürlich war ich darüber sehr erschrocken. Doch meine Schwester war eine mutige Beschützerin und stieß dieses Tier mit viel Kraftaufwand beherzt von meinem Kopf. Ein paar schmerzende Kratzspuren, die ich noch eine ganze Weile spürte, vor allem, wenn meine Mutter die Haare bürstete, hat das Tier trotzdem hinterlassen. Apropos meine Haare ... Immer wieder beschwerte ich mich, dass ich auch so schöne Locken wollte wie Irmgard. Mutter tröstete mich stets mit den Worten: „Du hast eben Sauerkrautlocken. Die sind doch genauso schön." Da war ich wieder zufrieden.

Als Irmgard schon zur Schule ging und zählen konnte, brachen für mich andere Zeiten an. Ein Bruder meines Vaters wohnte in Nördlingen und betrieb dort eine Fahrschule. Über fehlende Kundschaft konnte er sich in dieser Zeit der

Aufbruchsstimmung nicht beklagen. Er war verheiratet. Da die beiden nur einen Sohn hatten, saß bei ihnen das Geld etwas lockerer. Von dieser Tatsache profitierten auch wir. Kamen sie sonntags zu Besuch, brachten sie meistens eine Tüte Bonbons mit oder eine Tafel Schokolade für die drei Jüngsten. Da zählte unser Robert auch schon dazu. Weil er noch sehr wenig davon essen durfte, was Mutter beobachtete, ebenso wie das Teilen, blieb für uns Mädchen etwas mehr. Wir freuten uns an unserem Anteil. Irmgard war aber schlau und meinte immer zu mir: „Wenn du mir eines abgibst, hast du mehr." Und ich fiel so manches Mal drauf rein. Erst als ich feststellte, dass mein Anteil dadurch immer kleiner wurde, bekam sie nichts mehr ab. Zumindest an diesem Tag. Leider hatte ich das bis zum nächsten Mal wieder vergessen. Ich vertraute ihr eben immer. Allerdings durchschaute ich sie irgendwann doch und so gab es für sie nichts mehr zu holen von meinen Schätzen. Dick wurden wir davon nicht, da wir die Kalorien, von denen man allerdings damals noch nicht sprach, mit viel Bewegung wieder verbrauchten. Gelegenheit dafür gab es zur Genüge.

Eine solche sportliche Betätigung war zum Beispiel das „Stangen laufen". Das war eine lustige Balancierübung. Gegenüber von unserem Hof hatten wir eine Weide, auf der im Sommer immer das Jungvieh graste. Diese war umzäunt mit Holzstangen, die in bestimmten Abständen an Pfosten befestigt waren. Beim Einlass waren sie nur lose an einer Konstruktion mit mehreren Querhölzern aufgelegt, welche einer kleinen Leiter ähnlich sahen. Dort kletterten wir an einem Ende hoch, standen auf die Stangen und versuchten, die ganze Weide zu umrunden. Wer am weitesten kam, hatte gewonnen. Das war gar nicht so einfach, weil ja drinnen die Tiere waren. Wenn die an etwas erschraken, oder auch sonst einander hinterhersausten, konnten sie zwischendurch schon ziemlich nahe kommen und wir mussten abspringen. Möglichst nach draußen. Unsere Angst vor den Tieren hielt sich zwar in Grenzen, trotzdem war Vorsicht geboten. Wir waren ja noch Kinder.

Aber genauso gehörte das Milchwagenfahren zu unseren Beschäftigungen. Das war ein fahrbares Teil aus Holz mit vier Rädern, auf welchem die Milchkannen zum Sammelplatz gefahren wurden. Dort lud ein Bauer die Kannen auf seinen Wagen und lieferte sie in Mertingen bei der Molkerei Zott ab. Die leeren Kannen mussten wir wieder vom sogenannten Milchbänkchen zurückholen. Aber der Milchwagen diente auch zu anderen Transportzwecken. Hatten wir gerade Lust damit zu fahren, stellte sich eine von uns auf das Wägelchen und nahm die Deichsel in die Hand. Die andere schob von hinten. So ging es in lustiger Fahrt durch den Hof. Nach einer Weile wurde gewechselt, so dass jede einmal schieben musste und lenken durfte.

Wir lernten auch sehr früh das Seilspringen. Aber nicht mit so modernen Sprungseilen, wie man sie heute kennt. Die großen Geschwister nahmen zwei Garbenstricke und banden sie zusammen. Da konnten wir hüpfen bis uns die Puste ausging.

Oftmals jonglierten wir mit alten Reisigbesen, welche meist griffbereit irgendwo standen. Also den Besenstiel vorsichtig auf eine Fingerkuppe aufgestellt und versucht, damit loszulaufen. Nach ein paar Fehlschlägen klappte das meist ganz gut und es hieß dabei auch stets, wer am weitesten kommt, hat gewonnen.

Eine weitere lustige Beschäftigung nannte sich „roifeln", das leitete sich von Reifen ab, welche zu der Zeit aus Eisen über den Holzrädern an den Wagen angebracht waren. Wir nahmen solch einen eisernen Reifen, der übrig war, stellten ihn im Hof auf und rollten ihn entweder mit der Hand oder besser mit einem Stecken aus Holz neben oder vor uns her, möglichst schnell, dass er nicht umfallen konnte. Er drehte sich so und wir sprangen nebenher oder aber dahinter. Da diese Reifen oft auf einer Seite größer waren als auf der anderen, und deshalb die Lauffläche schräg war, war das manchmal gar nicht ganz einfach. Aber es machte Spaß und wurde nie langweilig.

Wir hatten auch schon eine Schaukel. Die war zwar einfach, aber funktionierte. An einem großen Obstbaum im Garten wurde an zwei starken Ästen je ein Ende eines Strickes gebunden. An einem glatten Brett sägten die großen Brüder links und rechts eine Kerbe ein und an dieser wurde das Seil durchgeführt, so dass das Brett fest auflag. Da hatten wir eine schöne Sitzfläche und konnten richtig gut schaukeln.

Eine weitere sportliche Betätigung nannte sich „Wagen hupfen". Damals hatten die meisten Bauern noch Kastenwagen. Das waren hölzerne, eisenbereifte Wagen mit schrägen Seitenwänden. Der Wagenboden war nicht sehr breit. Nicht zu vergleichen mit den späteren „Gummiwagen". Die wurden aufgrund ihrer Reifen, ähnlich der heutigen Bereifung so genannt. Auf diesen Kastenwagen sprangen wir von einer Seitenwand zur anderen. Immer ausprobierend, wer höher sprang. Manchmal mussten wir aufpassen, nicht zu weit an den oberen Rand zu hüpfen. Da bestand die Möglichkeit aus dem Wagen zu purzeln. Als wir geübt waren, machte es auch auf dem fahrenden Wagen Spaß, von einer Bordwand zur anderen zu springen. Wir machten uns keine großen Gedanken, was dabei alles passieren hätte können. Nur wenn wir es zu bunt trieben und mehrere Male zu weit an die Oberkante kamen, gab's wieder einmal Zurechtweisung vonseiten der Erwachsenen.

Neue Straße

Sehr gut ist mir die Zeit in Erinnerung, als in Heissesheim die Straßen asphaltiert wurden. Die Vorbereitungen dazu habe ich nicht mehr genau im Gedächtnis. Aber als die Wagen mit dem heißen Teer angefahren kamen und Arbeiter diese stinkende, dampfende schwarze Brühe abluden, das weiß ich noch ziemlich genau. Irmgard und ich standen neugierig an unserer Einfahrt und beobachteten wie die Männer mit ihren Schaufeln das heiße Zeug verteilten. Sie sagten uns, dass wir nicht hinauslaufen dürfen, weil wir sonst unsere Füße verbrennen würden. Schließlich waren wir barfuß unterwegs. Das war im Sommer so üblich. Sie walzten die Masse platt und warnten uns eindringlich, im Hof zu bleiben, bis uns die Eltern das Hinausgehen wieder erlauben würden. Dann zogen sie ein Stück weiter. Wir schauten ihnen noch eine Weile nach und warteten, bis die neue schwarze Straße nicht mehr dampfte. Prüfend wagten wir gleichzeitig, auf das Kommando der größeren Schwester, einen Schritt auf diese stinkende Masse. Die Füße verbrannten wir uns nicht mehr. Aber der Teer war noch warm und etwas weich an der Oberfläche. So konnte man die ganzen folgenden Jahre immer die Abdrücke unserer kleinen Füße an der Hofeinfahrt sehen. Leugnen, nicht gefolgt zu haben, war somit zwecklos.

Meine große Reise

Als ich fünfeinhalb Jahre alt war, durfte ich eine für meine Verhältnisse große Reise antreten. Mein Onkel Gustav kam wieder einmal aus Heidelberg zu uns. Seine jüngste Tochter war etwas jünger als ich. Zusammen mit ihr durfte ich zu einer Tante und zu meiner Großmutter an den Bodensee. Unser Vetter Heinz durfte seine Ferien dafür in Heissesheim verbringen, so dass Irmgard mich nicht so sehr vermisste.

Ich weiß noch genau, als wäre es gestern gewesen, wie ich meinen kleinen braunen Koffer packen durfte und die glänzenden Verschlüsse zuschnappten. Es war schließlich meine erste Reise. Onkel Gustav war ein großer, stattlicher Mann. Er war mit einer Schwester meiner Mutter verheiratet und hatte in seiner Heimat Heidelberg ein Lebensmittelgeschäft. Er nahm bei uns vom Hof auch immer Eier mit, um diese dort zu verkaufen. Uns Kindern brachte er oft Rachengold und Anisbonbons mit.

Als wir abreisten Richtung Bodensee, war ich sehr aufgeregt. Zunächst jedoch fuhr der Onkel mit uns nach Mertingen zur Molkerei Zott. Dort gab es einen kleinen Laden mit Milchprodukten in dem er für uns Mädchen noch ein kleines Milcheis kaufte. Allein diese Begebenheit war eine Reise wert, war doch Eis für uns eine eher selten vorhandene Leckerei.

Die Fahrt zum Bodensee mit dem klapprigen VW-Bus war damals unendlich lang. Aber es gab sehr viele Dinge zu sehen. Als wir endlich in dem Ort Deisendorf ankamen, waren alle ziemlich froh. Meine Tante Gertrud, (nach ihr war ich benannt worden) freute sich besonders, dass ich tatsächlich mitgekommen bin. Fortan erzählte sie mir, dass ich jetzt ihr Mädchen sei. Ich war voller Stolz. Bei ihr war ich der „Super-King", nicht nur ein Mitläufer unter vielen. Sie hatte ein schönes Haus und Großmutter war ja auch noch da. Großmutter war eine besonders gütige Frau. Mit Engelsgeduld beantwortete sie alle Fragen. Nie kam ein lautes Wort über ihre Lippen. Auch hörte ich sie in diesen vierzehn Wochen, die mein Aufenthalt dort dauern sollte, nicht ein einziges Mal schimpfen. Stellten wir einmal etwas an, was nicht gut war, erklärte sie mit viel Liebe, was wir falsch gemacht hatten. Das merkten wir uns besonders, weil wir diese liebe Oma nicht ärgern wollten.

Dort in der Heimat meiner Mutter hatte ich viele Verwandte. So wohnten fast nebenan noch zwei Onkel und eine Tante mit Familie. Überall gab es Jungs und Mädchen in meinem Alter. Es waren also jede Menge Spielkameraden vorhanden. Was dem einen nicht einfiel, hatte ein anderer im Kopf. Besonders die Älteren hatten oft allerlei Dummheiten auf Lager, genau wie die älteren Brüder daheim. Ich vermisste also nichts.

Hinter dem Garten der einen Familie ging ein Bächlein vorbei, das den Namen Nussbach trug. Da konnten wir Kinder sogar barfüßig hineinstehen. Das Wasser war nicht wirklich

kalt. Es machte Spaß, kleine Zweige oder Blätter hineinzu-
werfen und zu beobachten, welches „Schifflein" am
schnellsten war.

Alle paar Wochenenden kam eine ledige Tante aus der
Schweiz her zu ihrer Schwester. Sie brachte für uns Kinder
immer „Schweizer Stängelchen" mit. Der feine Geschmack
dieser Schokolade ist mir heute noch heute bekannt und
die Stängelchen werden immer noch produziert.

Eines Tages machte eine andere Tante (Maria) eine Woche
Urlaub bei ihrer Schwester Gertrud und Mutter. Sie war damals noch unverheiratet und lebte bei ihrer anderen
Schwester in Heidelberg. Dort war sie bei der Familie und
im Geschäft tätig. Sie brachte die älteste Tochter der dortigen Familie mit, also die Schwester von Suse, die mit mir
die Ferien verbrachte. Wenn ich mich recht erinnere, haben
sie Suse mit heimgenommen, so dass ich in der weiteren
Zeit allein bei Tante Gertrud war.

Diese Tante Maria machte vor ihrer Abreise nach Heidelberg mit uns Mädchen einen Ausflug. Wir fuhren zur Anle-
gestelle an den Bodensee und mit dem Schiff zur Insel
Mainau. Ich erinnere mich ganz genau daran. Es war
schließlich meine erste Schifffahrt. Dort sah ich auch das
erste Mal einen Schwan. Er hatte wohl Familie in der Nähe,
denn er machte einen ganz langen Hals und fauchte uns
furchterregend an. Diese Eindrücke von der Schifffahrt und
dem riesigen See mit Bergen im Hintergrund gehören zu
den unvergesslichen Erlebnissen meiner Kindheit.

Bei der Großmutter war sogar die „Rahmsuppe mit Brot", eine Delikatesse. Ich sehe heute noch den Teller mit dieser Suppe vor mir auf dem Tisch stehen. Und obwohl diese Tante Gertrud oft bei uns in Heissesheim zu Gast war und diese Suppe dann auch hin und wieder aufgetischt wurde, bildete ich mir ein, diese wäre besser. Überhaupt schmeckte dort alles besser als daheim, obwohl meine Mutter wirklich gut kochte.

Dass Tante Gertrud oft in Heissesheim war, hatte aber Gründe. Erstens war meine Mutter ihre Schwester und hatte eine Schar Kinder. Tante Gertrud war kinderlos und wollte so gerne welche haben. Erst anhand verschiedener Bemerkungen unserer Mutter in späterer Zeit kam Irmgard und mir der Gedanke, dass ich damals wahrscheinlich mein weiteres Leben bei ihr verbringen sollte. Deshalb hat sie mir wohl immer wieder vorgesagt, dass ich jetzt ihr Mädchen sei. Ich habe das als Kind sehr ernst genommen und ich muss zugeben, es hat mich auch stolz gemacht. Für mich war klar, was sie sagte, musste auch so sein. Irmgard hätte mich wohl mehr vermisst als ich sie, weil ich dort ja genügend andere Kinder um mich hatte. Zum Zweiten war sie mit dem Bruder meines Vaters verheiratet, welcher in Russland als vermisst gemeldet worden war. Außerdem war meine Mutter schon während des Krieges auch auf ihre Hilfe angewiesen, weil sich mein Vater im Krieg befand und deshalb Mutter für Hof und Familie allein verantwortlich war.

Umso größer war die Enttäuschung, als ich eines Tages mein kleines Köfferchen packen musste und von Onkel Ernst, der damals einen VW-Käfer besaß, mit bereits erwähnter Anna kam, um mich abzuholen.

Zu diesem Zeitpunkt wusste ich nicht, dass meine Mutter nach einem Blinddarmdurchbruch operiert worden war und im Krankenhaus ums Überleben kämpfte. Ebenso wenig, dass Irmgard Sehnsucht nach mir hatte und nicht verstehen konnte, dass ich nicht endlich heimkam. Schließlich war Vetter Heinz auch abgereist, weil er in die Schule musste.

Anstatt mich bei dieser Tante im Notfall versorgt zu wissen, wurde ich also abgeholt. Ich weiß noch sehr genau, wie schwer mir der Abschied von dort fiel und wie meine Tante versuchte, ihre Tränen vor mir zu verbergen. Zu allem Übel bestand Anna noch darauf, mit ihr zusammen meine Mutter zu besuchen. Ich wusste damals nichts von den Sorgen, die sie sich machte, weil ich so lange fort blieb. Und jetzt lag sie schwer krank in Höchstädt im Krankenhaus und wurde sehr liebevoll von Klosterschwestern gepflegt. In meiner Erinnerung war es ein ziemlich düsteres Zimmer und meine Mutter hat mich wohl gar nicht wahrgenommen. Da musste ich also die geliebte Tante verlassen und fand mich vor diesem trostlosen Anblick meiner doch auch geliebten Mutter. Ich war unendlich traurig und wusste nicht mehr ein noch aus. Dies war sicherlich einer der schwersten Tage meiner Kindheit. Allerdings sollten noch weitere folgen. In der darauffolgenden Zeit war ich nur noch traurig und wollte nichts mehr von all den schönen Dingen wissen, die ich zuvor immer mit meiner Schwester und den anderen erlebt habe. Anneliese (unsere älteste Schwester) musste in dieser Zeit den Haushalt führen. Sie erzählt noch heute, dass es so schwer war für alle, weil sie nicht wussten, was sie mit mir noch anstellen sollten, um mich aufzumuntern.

In meiner Erinnerung ist bis heute nur, dass ich viel geweint habe, da ich am liebsten bei meiner Tante Gertrud und bei der Großmutter gewesen wäre.

Erst viel später realisierte ich, dass es wohl schlimmes Fernweh nach Deisendorf war, dem Wohnort der Tante. Und gerade jetzt beim Niederschreiben dieses Erlebnisses kämpfe ich mit den Tränen, obwohl es nun schon über sechzig Jahre zurückliegt und ich wirklich trotz alledem viele schöne Jahre mit meinen Geschwistern und Eltern erleben durfte, die ich wirklich nicht missen möchte.

Doch irgendwann kehrten auch meine Lebensgeister zurück und ich hatte wieder Freude an den Dingen mit Irmgard.

Einmal baute uns unser Bruder Rudolf Stelzen. Dazu nahm er ein paar Stangen, brachte sie auf die richtige Länge für uns und befestigte auf bestimmter Höhe Kanthölzer, auf denen unsere Füße Platz hatten. Dann half er uns beim Aufsteigen und lehrte uns, damit zu laufen. Das machte vielleicht einen riesigen Spaß. Plötzlich waren wir richtig groß. Manchmal wurden wir jedoch zu übermütig und wollten schneller laufen als dies möglich war. Dann konnte es schon passieren, dass wir auf der Nase lagen oder mit den Knien unfreiwillig bremsten.

In diesem Alter durfte ich für meine Brüder einkaufen gehen. Das kam so. In bestimmten Abständen war es die Aufgabe von Rudolf und Alfred, den Hühnerstall auszumisten, wofür sie zwischendurch ein kleines Taschengeld bekamen. Bei uns im Dorf gab es ein Lebensmittelgeschäft, das im Westen an unseren Hühnergarten angrenzte. Weil ich ziemlich klein war, war es für Rudolf kein Problem, mich über den Zaun zu heben. Er drückte mir 50 Pfennig in die Hand und ich hatte den Auftrag, 100g Susi zu kaufen. Susi war ein gemischtes Gebäck, das man lose kaufen konnte. Die Ladenbesitzerin achtete sehr darauf, dass bei 100 Gramm auch wirklich nur ein einziges mit Schokoladenüberzug in der spitzigen Papiertüte landete. Für meinen Dienst bekam ich genau dieses eine von Rudolf mit der Ansage, ihn bei den Eltern nicht zu verraten. Dieser Keks war mir sehr wohl das Schweigen wert, obwohl ich, mir Anvertrautes, ohnehin stets für mich behielt.

Zu dieser Zeit freuten wir uns auf den Winter. Da Irmgard bereits in die Schule ging, durften wir nämlich auch alleine zum Schlittenfahren. Die Möglichkeit bot sich gleich neben dem Schulhaus. Dort befand sich die örtliche Wasserversorgung. Um dieses so genannte Wasserhaus war nach allen Seiten ein Erdhügel aufgeschüttet und dieser war mit Gras bewachsen. Hinauf zum Wasserhaus führten Treppen. Also war der Aufstieg mit den Schlitten sehr einfach. Die kleineren Kinder fuhren Richtung Süden den Hang hinab. Da war es nicht so steil. Die Größeren bauten meistens gegen Westen noch Sprungschanzen aus Schnee an. Auf diese Weise ging es abenteuerlicher abwärts und es war deshalb wichtig, sich festzuhalten. Außerdem musste der Schlitten festgehalten und gelenkt werden, dass er trotz dieser Sprungschanzen in der Spur blieb. Auf dieser Seite ging der Weg direkt zum Bach. War genügend Schwung vorhanden, hieß es rechtzeitig zu bremsen, um nicht versehentlich im Wasser zu landen.

Da zu meiner Kinderzeit die Winter meistens noch kälter waren als heute und außerdem die Kleidung und Schuhe oft nicht so wärmten, war man so manches Mal durchgefroren. Auch Frostbeulen oder abgefrorene Ohrläppchen waren keine Seltenheit.

War unsere Tante Gertrud im Winter bei uns, hatte sie oft kalte Füße. Dann öffnete sie gerne die Klappe vom Backrohr am Küchenherd. Der war im Winter immer warm, meist die einzige Wärmequelle des Hauses. In anderen Räumen wurde, sofern ein Ofen vorhanden war, nur bei besonderen Anlässen geheizt. Also stellte sie einen Stuhl vor den Herd, legte meist noch ein Holzscheit auf die Klappe des Backrohres und darauf ihre Füße. Und schon bald waren sie wieder aufgewärmt. Ein beliebter warmer Platz war auch das „Wasserschiffchen", dieser abgedeckte Behälter im Herd, in dem praktischerweise das Wasser erhitzt wurde. Boiler oder andere Warmwasserquellen waren damals Fehlanzeige. Auf eben diesem Deckel konnte man kurzzeitig ganz gut sitzen. War echt warm. Und weil Tante Gertrud wohl besonders kälteempfindlich war, bemerkte sie sofort jeden Temperaturunterschied. Hielt einer der Jungs eine Schranktüre länger als nötig offen, wies sie ihn sofort zurecht mit den Worten: „Mach die Schranktüre zu, da kommt´s kalt raus." Darüber konnte man als Kind nur lachen.

Weihnachtsgeschenke

In einem Jahr bekamen wir zu Weihnachten je eine Puppe. Diese hatten damals schon Haare zum Kämmen und Schlafaugen. Drehten wir sie auf den Bauch, krächzten sie ein undefinierbares Geräusch, das mit viel Fantasie Mama heißen sollte. Wir waren sehr glücklich darüber und spielten viel damit. Ein Jahr später brachte das Christkind die passenden Puppenwagen dazu. Das Oberteil war geflochten. Auf dem Boden aus Holz lag ein kleines Polster als Matratze, sowie ein kleines Kissen und eine passende Decke. Wir waren sehr stolze Puppenmamas und führten unsere Puppenkinder gerne spazieren. Jede von uns hatte auch eine eigene Puppenstube. Die gab es wieder zu einem anderen Weihnachtsfest. Sie war jeweils eingerichtet mit Tisch, Stühlen, Schrank, Bett und Geschirr. Bei schlechtem Wetter spielten wir oft und gerne mit diesen schönen Dingen.

Nötige Tierpflege

Als es auf dem Hof noch Pferde gab, mussten auch von Zeit zu Zeit deren Hufe neu beschlagen werden. Wir fanden natürlich alles spannend und schauten staunend zu, wenn der Schmied von Mertingen kam und den Pferden „neue Schuhe" anzog. Meistens war es die Aufgabe von Heinz, das Pferd zu halten und zu beruhigen. Der Schmied hob das jeweilige Bein des Tieres hoch und passte das Hufeisen an. Manchmal musste es auch noch zurechtgerichtet werden. Dann wurde das Hufeisen auf den Pferdefuß angepasst und mit Hilfe spezieller Hufnägel mit einem Hammer befestigt. Mir taten die Tiere immer irgendwie leid, weil ich der Meinung war, dass diese Prozedur schmerzte. Anna hatte uns dann das Sprüchlein gelehrt:
„Schmied, Schmied, Schmied, bring dein Hämmerlein mit, wenn du willst einen Gaul beschlagen, musst dein Hämmerlein bei dir haben. Schmied, Schmied, Schmied, bring dein Hämmerlein mit."

Ein besonderer Geselle war der Klauenschneider. Sein Name war Wurm. Aber dieser Name passte so überhaupt nicht zu seiner Statur. Er war groß gewachsen und außerdem übermäßig stark. Nur so zur Vorstellung: Wurde er gefragt, was er denn so auf die Waage brächte, gab er zur Antwort: „Einen Zentner und 150 Pfund." Er meinte dazu schelmisch, das höre sich besser an als zweieinhalb Zentner. Und dann fügte er hinzu, dass er sich sowieso nicht so oft auf die Waage stellen würde. Er mache das nur ab und zu bei den Bauern, die gerade Getreide oder sonst irgendetwas wiegen würden, weil er sich auf die Dezimalwaage stellen müsse. Bei seinem Gewicht wäre eine Personenwaage überfordert. Dieser Herr Wurm zog von Hof zu Hof, um die Klauenpflege bei den Kühen zu machen. Abends nach getaner Arbeit bekam er in der Küche eine Brotzeit. Dazu legte man ihm am besten eine ganze Wurst auf den Tisch. Das Brot wurde in einige Zentimeter Stärke geschnitten. Dennoch kam von ihm stets die Bemerkung: „Des send ja bloß Suppaschnieda." Auf Hochdeutsch: Die wären gerade recht, um in die Suppe zu tauchen. Die sind zu dünn. Zum Trinken bekam er Most, so wie es damals üblich war. Ein normales Glas hätte er nicht benutzt.

Er hat lieber gleich aus dem zwei Liter fassenden Krug getrunken. Nach der sicher anstrengenden Klauenpflege und

einem standesgemäßen Vesper legte er sich zur Ruhe. Dazu brauchte er allerdings kein Bett. Er schlief am liebsten im Heu. Das konnte nicht zusammenbrechen unter seinem stattlichen Körper. Darüber waren die Bauern und vor allem die Bäuerinnen auch sehr froh. Sie hätten ihn nicht gerne im Haus gehabt. Dieses Nachtlager mussten meine Brüder zuvor von der Scheune im Futterbereich der Kühe platzieren. Es sollte immer sehr hoch sein, bestimmt einen Meter oder mehr. Darauf legte er sich dann zur Ruhe. Allerdings schnarchte er so sehr, dass die Tiere die ganze Nacht unruhig waren. Morgens war dann sein Heulager zu einer ziemlich dünnen Schicht gepresst. Und stieg er zur Weiterfahrt in seinen alten Opel ein, ging dieser auf der Fahrerseite ziemlich weit Richtung Boden, was aber bei dieser Person nicht weiter verwunderlich war.

Ein anderes Original war der Gemeindebote. Er hieß mit Namen Jäger. Gab es in der Gemeinde Neuigkeiten, die die Bürger erfahren mussten, war es seine Aufgabe, diese zu verbreiten. Er kam mit dem Fahrrad und hatte eine laute Glocke dabei. Immer im Abstand von zwei oder drei Häusern hielt er an und läutete fest mit seiner Glocke. Da wussten die Bewohner, dass sie jetzt die Fenster oder Türe öffnen mussten um zu hören, was er zu verkünden hatte. Egal ob irgendwo für eine Weile der Strom oder das Wasser abgestellt werden sollte, oder was es sonst an Nachrichten gab, es war seine Aufgabe dies kundzutun.

Ein interessanter Handwerker war ein Elektriker aus Auchsesheim. Er war unverheiratet und lebte mit seiner ebenfalls ledigen Schwester in einem Haushalt. Er hieß Alois mit Vornamen und war weit und breit als der Liese bekannt. Wurde er gebraucht, weil irgendwo ein Defekt in der Elektrik war, musste jemand mit dem Fahrrad zu ihm radeln um ihn zu beauftragen, danach zu schauen. Irgendwann kam Liese mit seinem alten Fahrrad und der Werkzeugkiste, um nachzusehen, was zu reparieren war. Da er noch kein Prüfgerät besaß um zu kontrollieren, ob ein Draht Strom führte, machte er mit der Zunge die Daumenspitze und den Zeigefinger nass und berührte damit den Draht. Anscheinend spürte er nur mit feuchten Fingern, wenn ihn der Strom „kitzelte", so nannte er es. Meistens funktionierte alles nachher sogar wieder, was er bearbeitet hatte.

Händler

Ebenso war es in meiner Kinderzeit ganz normal, dass vielerlei „Hausierer" vorbeikamen. So nannte man damals die Händler, die von Haus zu Haus zogen, um ihre Waren zu verkaufen. Einer dieser Händler war ein Herr Müller aus Buttenwiesen. Er handelte mit Bettwäsche, Handtüchern und Stoffen. Ich kann mich noch erinnern, dass er erzählte, sein Sohn hätte nun ein Geschäft gegründet. Der gute Mann befürchtete, dass er sich finanziell übernehmen könnte. Der würde sich wundern, wenn er heute hineinschauen könnte, was aus Erwin Müller geworden ist.

Ein anderer kam auch immer mit Stoffen und Nähsachen, sogenannten Kurzwaren vorbei. Er hatte einen Koffer auf seinem Fahrrad, den er zum Vorzeigen seiner Waren immer ins Haus trug und einen Teil davon ausbreitete. Er hatte einen steifen Finger und bekam von uns wohl deshalb den Namen „Hottl".

Wieder ein anderer, ebenfalls mit Kurzwaren kündigte sich bei jedem Besuch schon von weit her mit dem immer gleichen Spruch an: „Blauband, Weißband, Schmalband, Hosenträger, Hosengummi, Schubändel. Weil er seine Utensilien in einem Koffer aus Metall transportierte, war er eben der „Blechkoffer". Schließlich mussten wir sie ja voneinander unterscheiden.

Die „Nearle-Hupfel" war hingegen nicht zu verwechseln. Ihre Heimat war Nördlingen. Außerdem hinkte sie und war deshalb immer mit Gehstock unterwegs. Daher der Name.

Sie hatte in einem alten, ausgedienten Kinderwagen ihre Waren verstaut. Oft wurde sie von den älteren Kindern geärgert. Und weil sie sehr ungehalten werden konnte, machte es diesen immer wieder aufs Neue Spaß. Es war damals jedoch für viele Leute notwendig, auf diese Weise ihren Lebensunterhalt zu verdienen.

Der Futtermittelhändler, der zu den Bauern kam, hieß mit Vornamen Karl. Er wurde aber von allen nur der Astin-Mann genannt, nach der Firma, die das Futtermittel herstellte. Er hatte für die Kinder immer Schokoplätzchen in seiner Jacke oder in der Hosentasche. Wir waren nicht wählerisch und freuten uns darauf. Er war Junggeselle und hat hin und wieder Anna becirct. Sobald er sie sah, bot er ihr ebenfalls seine Süßigkeiten an. Dazu meinte sie, von seinen verpinkelten Fingern möchte sie nichts haben. Bei dieser Aussage öffnete er für sie stets ein neues Tütchen und ließ sie selbst hineinfassen. Ob Anna wirklich kein Interesse an ihm hatte oder nur so tat, ist uns unklar geblieben.

Mit seinen Plätzchen lenkte er auch die Hunde der Bauern ab. Unser Schäferhund war sehr wachsam und nicht bestechlich. Er war an einer langen Kette angebunden, dass er bis zum Stall und Scheuneneingang alles kontrollieren konnte. Wollte sich Karl ohne Begleitung Zugang zum Futtermittelvorrat verschaffen, um zu sehen, was denn benötigt würde, hatte er kein Glück. Er konnte noch so viele Bestechungsversuche unternehmen, an unserem Vierbeiner kam er nicht vorbei. Der ließ die Leckereien auf den Boden fallen und ließ Karl nicht aus den Augen. Erst als dieser den Rückzug angetreten hatte, beruhigte er sich. Karl meinte, irgendwann kennen ihn doch die Hunde, warum dieser nicht? Aber er erkannte ihn sehr wohl. Sobald er den Hof betrat, meldete der Hund zwar kurz, aber mehr nicht. Und wenn Karl zur Haustüre oder mit unserem Vater oder Bruder in den Stadel ging, war das kein Problem. Er durfte sich eben nur nicht alleine Zugang verschaffen. Genau das war schließlich die Aufgabe eines guten Hof- und Wachhundes, dass er auf den Besitz seiner Herren achtet und auch verteidigt.

Karl übte sein Geschäft noch über viele Jahre als treuer und zuverlässiger Händler aus. Mitte der sechziger Jahre ersetzte er sein Goggo durch einen beigen VW-Käfer. Die Schokoplätzchen wechselten sich mit Schokolinsen ab. Sie blieben jedoch über all die Jahre sein Markenzeichen.

Der Friseur aus Mertingen besuchte immer die Familien, um zu schauen, ob jemand einen Haarschnitt benötigte. Da ich vier ältere Brüder hatte, gab es bei uns hin und wieder Arbeit für ihn. Außerdem brauchte man auch zu dieser Zeit bereits eine Brandversicherung. Vielleicht auch noch andere, das weiß ich nicht genau. Diese Beiträge zu kassieren, zählte auch zu seiner Aufgabe. In meiner Kinderzeit wurde meistens aus aufgetragenen Kleidungsstücken immer noch etwas für die „Kleinen" zusammengezaubert. Erst wenn auch das nicht mehr möglich war, wanderten die Teile in den „Lumpensack". Das war bei uns ein Rupfensack, in den die Teile gesammelt wurden, die wirklich unbrauchbar waren. Vorher wurden sorgfältig alle Knöpfe, Reißverschlüsse, Haken abgetrennt. Die Knöpfe wurden nach Art und Größe in verschiedenen Schachteln zur weiteren Verwendung aufbewahrt. Ebenso Haken, Reißverschlüsse oder andere Utensilien wie Schleifchen, Bänder oder Gummi. In gewissen Zeitabständen kam der sogenannte Lumpensammler vorbei und sammelte die abgetragenen Teile ein, um sie der Wiederverwertung zuzuführen.

Bei schlechtem Wetter war Mutter oder Anna mit Nähen und Bügeln beschäftigt. Da war dieser Bereich stets ein beliebter Spielplatz für Irmgard und mich. Weil an solchen Tagen auch die Jungs und die Männer mehr Zeit hatten, kam besagter Friseur. Sah er uns am Küchentisch mit den Knöpfen spielen, war sein immer gleicher Ausspruch: „So Mädala, dean dr wieder Knopfala schpiela!" So war er für uns immer nur der „Knopfale-Ma."

Herr Weber und unser Husten

Eine Freude war es für Irmgard und mich immer aufs Neue, wenn der alte Herr Weber aus der Stadt kam, um seine Flaschen mit frischer Milch zu füllen. Er hatte, wie damals oft üblich, einen Rucksack dabei, in dem er seine Ware transportierte. Denn meistens waren die Leute mit dem Fahrrad unterwegs. Kaum war er abgestiegen oder manchmal schon im Haus, waren wir in seiner Nähe und bekamen sonderbaren Husten. Er hatte nämlich immer Malzbonbons dabei. Die reichte er uns mit der Feststellung, dass wir wieder Husten hätten. Dieser kurze Hustenanfall war aber auf wundersame Weise schnell wieder vergangen. Unterhielt sich der gute Herr Weber jedoch länger mit der Mutter, hatten sich die Malzbonbons längst in unseren Mündern aufgelöst und waren bereits in unseren Mägen verschwunden. Also kurzerhand die Nähe des Mannes gesucht, damit er auch sicher hören konnte, dass uns ein neuer Hustenanfall plagte. Meistens reagierte er ziemlich schnell, um dem Problem abzuhelfen. Wir durften ein zweites Bonbon genießen.

Ein ganz besonderes Original war Annas Bruder Willi. Er kam des Öfteren am Sonntag von Lauingen mit seinem alten Fahrrad nach Heissesheim. Er konnte so herrlich Sprüche klopfen. Nach dem Genuss von genügend Most, mit dem er seinen Durst gelöscht hatte, war es immer lustig, ihm zuzuhören. Die Jungs amüsierten sich oft und gerne und äfften ihn manchmal nach oder trieben sonstigen Schabernack mit ihm. Wurde es Zeit für eine Brotzeit, schaute er auf der Nordseite des Hauses aus dem Küchenfenster Richtung Donau. Dort konnte man anhand der Wolken meistens erkennen ob Regen oder evtl. im Sommer auch ein Gewitter zu erwarten war. Sobald er Wolken entdeckte verabschiedete er sich bei uns mit der Feststellung: „Do hinna kummts gschpässich vor!" (Übersetzt: „Da hinten zieht wohl Regen auf!") und zog ein Haus weiter zu Onkel Willi, um sich bei ihm mit den gleichen Worten zu verabschieden. Mit dem Zusatz, dass er sich jetzt beeilen müsse, weil er sicher wieder sehr nass werden würde. Onkel Willi fiel immer wieder auf diese Masche herein. Er gab ihm etwas Geld, damit er ab Donauwörth mit dem Zug fahren könnte. Willi S. nahm das Angebot dankend an. Er fuhr mit dem Fahrrad zur damaligen Wirtschaft „Grüner Baum" in Donauwörth und machte dort ausgiebig Brotzeit. Soweit das Geld ausreichte, ließ er sich noch das eine oder andere Bier schmecken, um so gestärkt zu später Stunde mit dem Fahrrad nach Hause zu fahren. Nach so einer von Onkel Willi finanzierten Einkehr war es ihm ziemlich egal, ob er trocken oder nass in Lauingen ankam.

Ein anderes Urgestein in Heißesheim waren Frau und Herr Rödel. Das war ein Ehepaar ohne Kinder. Die beiden erledigten die Arbeit in ihrer kleinen Landwirtschaft bis zuletzt mit einem Kuhgespann. Sein Name war Alois und er war deshalb bei allen Bewohnern nur der Liese. Die Frau machte immer so komische Mundbewegungen und bekam wahrscheinlich deshalb den sonderbaren Namen „Schnobbere". Erwähnte eine Person diesen Namen, wussten immer alle, wer damit gemeint war.

Arbeit wie anno dazumal bis in die siebziger Jahre

Ein Bauer der ebenfalls in Heissesheim wohnte, hatte einen schwarzen Hund. Oft hatte er diesen auf dem Bulldog sitzen, manchmal rannte er dem Gespann einfach hinterher. Er hörte auf den Namen „Bautz". Wurde ich lange genug geärgert und schimpfte daraufhin wütend los, hob sich meine Stimme in der Tonlage. Prompt war für meinen Bruder Rudolf klar, ich wäre mit „Bautz" zu vergleichen. Wollte er mich ärgern, nannte er mich auch so. Und schon hob sich meine Stimme und ich wurde richtig wütend. Wahrscheinlich vor allem, weil ich meine Hilflosigkeit gegenüber dem großen Bruder spürte. Manchmal reichte schon ein „Wuff" von ihm.

Besondere Freude hatten die Brüder daran, die damals üblichen Papiertüten mit Luft aufzublasen, um dann mit Wucht dagegen zu schlagen. Das knallte oftmals richtig laut. Weil ich als Mädchen sehr schreckhaft war, konnten sie darüber herzhaft lachen, da ich dabei ziemlich erschrak. Leider ließ ich mich immer wieder provozieren und machte ihnen die Freude, zu schimpfen, so dass sie mich gleich wieder „Bautz" nannten.

Maikäfer

Zog nach dem Winter der Frühling ins Land und nahte der Mai, freuten wir uns schon im Voraus auf die Maikäfer und waren gespannt, wieviel davon das Jahr wohl bringen wird. Gegen Abend schwirrten sie durch die Luft. Zogen sie sich dann in den noch kühleren Morgenstunden zum Schlafen auf die Bäume zurück, hatten wir leichtes Spiel. Mutter erklärte uns, dass sie morgens am besten von den Bäumen zu schütteln wären. Da in unserem Hühnergarten genügend Bäume und Haselnusssträucher vorhanden waren, war das kein Problem. Vor allem bei den verzweigten Sträuchern war es leicht, an die Käfer zu kommen. Also gingen wir mit einem Schuhkarton bewaffnet hinter den Stall. Da wir aber wollten, dass es den Tierchen bis zu ihrem Tod gut geht, haben wir in die Schachtel bzw. in den Deckel Luftlöcher gestochen. Dann haben wir soweit möglich, einige Käfer eingesammelt. Nach Kräften haben wir den Karton geschüttelt, dass es den Käfern schwindelig werden sollte. Öffneten wir danach den Deckel, lagen sie meistens einen Moment benommen in der Schachtel. Wir holten einen heraus, setzten ihn auf die Fingerkuppe und beobachteten, wie er sich erholte. Dann pumpte sich der Maikäfer durch heben und senken der Flügel auf, damit er zum Flug ansetzen konnte. Hatten wir von dieser Beschäftigung genug, schüttelten wir die restlichen Tiere nochmals kräftig durch und warfen sie den Hühnern als Delikatesse vor. Hatten die Hühner alle Käfer aufgefressen und suchten nach mehr, machte es Freude, die Äste zu schütteln, dass die Käfer auf den Boden purzelten. Mit vollem Einsatz sprangen die Hühner jedem einzelnen Käfer hinterher und verspeisten ihn mit Begeisterung. Da es damals jedes Jahr viele Maikäfer gab, wurden wir an diesem Treiben auch nie von den Erwachsenen gehindert, denn die Käfer richteten großen Schaden an.

Unser Bruder Alfred erlaubte sich manchmal besondere Scherze mit den Tierchen. Beglückte uns abends die allseits bekannte Anna wieder mit ihrer Anwesenheit, fand er bestimmt irgendwo ein paar der Krabbler. Nach dem Vorbild von Max und Moritz setzte er der guten Anna einige davon auf die Schulter, den Rücken oder Kopf. Nach kurzer Zeit fanden diese von ganz alleine den Weg zu ihrem Nacken, an den Hals oder das Gesicht. Sobald sie das spürte, fing sie fürchterlich an zu kreischen und suchte manchmal sogar das Weite.

Leuchtete auf den Wiesen überall der Löwenzahn golden, fanden wir auch stets Unterhaltung. Wir zupften die verblühten Köpfe ab, pusteten die Schirmlein fort und fanden Gefallen an deren Flug. Den Rest der Köpfe zwickten wir mit den Fingern ab und schnitten unten und oben die hohlen Stängel mehrmals mit einem Messer ein. Diese Teile legten wir in ein Gefäß mit Wasser und schauten zu, was daraus wurde. Es war jedes Mal aufs Neue spannend, wie sich die Ober- und Unterseiten der Stiele unterschiedlich einrollten. Mit diesen Formen konnten wir unserer Fantasie freien

Lauf lassen und ließen auf diese Weise die interessantesten Kunstwerke entstehen.

Mäuse zu fangen machte uns ebenfalls großen Spaß. Zum Beispiel bei der Rübenernte. Damals gab es noch keine Vollernter. Die Rüben mussten zum Teil noch von Hand herausgestochen werden oder später mit dem Roder, mit welchem auch die Kartoffeln aus der Erde befördert wurden. Die Rüben wurden vorher vom Blattwerk befreit. Waren sie aus dem Ackerboden heraus gerodet, wurden immer zwei von Hand gegeneinander geklopft, dass die Erde wegfiel und so gesäubert auf kleine Haufen geworfen. Später fuhr man mit Traktor und Wagen zwischen den dadurch entstandenen Reihen entlang und die Rüben wurden von beiden Seiten auf den Wagen geworfen. Luden mehrere Personen gleichzeitig auf, war Vorsicht angesagt. Es konnte nämlich passieren, dass eine Rübe das Ziel verfehlte und falls sie dann auf der anderen Seite des Wagens herunterkam, konnte das sehr schmerzhaft sein. Das weiß ich aus eigener Erfahrung, da mich damals eine getroffen hat, die einer der Brüder mit Schwung über den Wagen geworfen hatte. Bevor wir aber alt genug waren, selbst beim Aufladen zu helfen, waren wir trotzdem auf dem Acker dabei. Wir legten uns vor den Rübenhaufen auf die Lauer, während die „Großen" aufluden. Je kleiner der Haufen wurde, desto spannender wurde es für uns. Oft hatten sich nämlich dort Mäuse einen praktischen Futterplatz eingerichtet. Lagen nur noch die letzten Rüben da, wollten die Tierlein die

Flucht ergreifen. Pech für die Maus, wenn wir schneller waren und sie gefangen haben. Wir töteten sie sofort. Geschah das kurz vor der Heimfahrt, brachten wir sie sogar manches Mal unserem Hund mit heim. Der wollte sie jedoch nur, wenn sie noch „frisch", das heißt warm war. So manche Maus hatte jedoch Glück und entkam, weil wir nicht schnell genug zugreifen konnten.

Bei der Kartoffelernte konnten wir jedoch bald fleißig beim Auflesen helfen. Das machte meistens Spaß. Zwischendurch wurde das welke Kartoffelkaut zu einer Stelle zusammengetragen, aufgeschichtet und angezündet. Am schönsten war es, wenn es richtig brannte, dann konnte man direkt auf dem Acker die Kartoffeln auf einen Ast spießen und ins Feuer halten, bis sie durchgebraten waren. Wie herrlich das schmeckte, weiß nur, wer es einmal ausprobieren durfte. Das waren lecker Mahlzeiten zwischen der Arbeit.

Schlachttag

Eine ganz andere Geschichte war der Schlachttag. Immer im Spätherbst kam der Metzger auf den Hof und es wurde ein Schwein geschlachtet. Das war für uns ebenfalls ein Erlebnis.

Das Schwein wurde an der Hinterhaxe angebunden, damit es nicht flüchten konnte. Neugierig wie ich war, wollte ich das genau sehen. Da sagte der Metzger zu mir, ich solle die Sau an ihrem Ringelschwanz festhalten, dann hätte sie weniger Angst und es würde sie beruhigen, weil sie mich ja schon kennen würde. Ich glaubte ihm und wollte dem Schwein Gutes tun. Als er jedoch den Schussapparat zwischen den Augen fixierte, den Schuss löste und das Schwein umfiel, erschrak ich so sehr, dass ich zukünftig die Flucht ergriff, sobald der Metzger auf den Hof kam. Das sogenannte Brühen und Schaben, also das Entfernen der Borsten mit Hilfe von Ketten schaute ich mir sicherheitshalber auch aus der Ferne an. Ich tauchte erst wieder auf, als das Schwein am Galgen hing. Es war interessant was aus einem aufgeschnittenen Schwein alles zum Vorschein kam. Der Metzger holte gekonnt alle Teile einzeln heraus und legte sie fein säuberlich in die verschiedenen Gefäße, die dafür bereitgestellt waren. Der Magen wurde aufgebrochen und entleert. Er diente hinterher zum Befüllen. Das gab schmackhaften Schwartenmagen. Auch das Gedärm entleerte der Metzger fachmännisch, zog genauso wie beim Magen die innere Hautschicht ab und reinigte die äußere

Hülle mittels mehrerer heißer Wasserbäder. Sie mussten schließlich richtig sauber sein, dass die Wurst nachher eingefüllt werden konnte. Zu diesem Zeitpunkt kam von Amts wegen auch immer ein Mann zur Fleischbeschau. Er musste kontrollieren, ob das Fleisch in Ordnung, also, dass das Schwein gesund war. Ansonsten durfte es nicht weiterverarbeitet werden. Danach teilte der Metzger das Fleisch in verschieden große Stücke. Der letzte Teil des Schlachtens wurde im Haus erledigt. Also das Fleisch in portionsgerechte Stücke geschnitten und getrennt in Teile, die eingesalzen wurden zur Haltbarmachung und Teile zum Räuchern, oder aber was der Wurstherstellung diente. Die Teile, die zur Leberwurst verarbeitet wurden, kamen in den Kessel ins heiße Wasser und wurden gekocht. Daraus gab es auch das sogenannte Kesselfleisch, auf das sich die meisten zum Mittagessen zusammen mit Sauerkraut freuten. Und aus der Brühe, die dadurch entstand, konnten übers Jahr viele Suppen gekocht werden, die sogenannte Kesselsupp. Das Fleisch für die Bratwurst wurde roh verarbeitet. Der Metzger drehte es durch den Fleischwolf und verarbeitete es mit verschiedenen Gewürzen zu einem schmackhaften Teig. Ein Teil davon füllte er in die Därme. Den anderen formte der Metzger zwischen den Händen und beförderte sie gekonnt mit viel Schwung in die vorher bereitgestellten Dosen. So entwich die Luft daraus und der Teig landete ziemlich passgenau und ohne Luftblasen in dem Gefäß. Mit heißem Wasser und einem sauberen Lappen reinigte meis-

tens die Mutter die Ränder, legte die Deckel auf und be-
schriftete sie, damit alle den Inhalt kannten. Mit einer Maschine verschloss der Metzger oder jemand aus der Familie
die Dosen. Aber dazu brauchte es Kraft, denn die Maschine
musste von Hand gedreht werden. Zuschauen war trotzdem angesagt.

Nach dem Entnehmen des Kesselfleisches wurde der Kessel
gereinigt und neu mit Wasser befüllt und angeheizt. Dann
wurde die Wurst in den Dosen gekocht. Je nach Inhalt bis
zu zwei Stunden. Danach mussten sie in einer großen, mit
kaltem Wasser befüllten Wanne, abgekühlt werden. So war
die Wurst für lange Zeit haltbar. Schlachttag war schließlich
nur einmal im Jahr und der Vorrat musste lange für alle rei-
chen.

Besonders an den Schlachttagen dachten die Eltern an die
Familien im Dorf, die diesen „Luxus" nicht hatten. Also
füllte Mutter mehrmals eine kleine Milchkanne mit Kessel-
brühe, die reichlich vorhanden war und wir Mädchen durften sie in bestimmte Häuser tragen. Dabei mussten wir
manchmal an einem Bauernhof vorbei, in dessen Garten
sich eine Gänseschar aufhielt. Leider ohne Abgrenzung zur
Straße. Da vor allem der Gänserich sehr angriffslustig war,
waren wir meistens mit einem kleinen Holzstock bewaffnet. Und weil ich anscheinend eine ganz besondere Anzie-
hungskraft auf Federvieh ausstrahlte, packte mich dieser
Gänserich tatsächlich am Schürzenbändel und zerrte daran,
dass ich nicht mehr weiterlaufen konnte. Beherzt nahm
Irmgard all ihren Mut zusammen und schlug mit ganzer

Kraft auf dieses Tier ein, bis sie ihn so in die Flucht geschlagen hatte und ich befreit war.

Allerdings führte mich mein Weg einmal allein an diesen Tieren vorbei. Und prompt packte mich der Gänserich wieder an der Schürze. Meine Hilferufe hörte in den umliegenden Häusern und Gärten nur ein Nachbarshund, der meistens frei herumstreunte und deshalb bei den Leuten gefürchtet war. Als ich ihn auf mich zukommen sah, war ich so erschrocken, dass ich nur noch heulend dastand. Der Hund war jedoch meine Rettung. Er beachtete mich gar nicht, sondern griff den Gänserich an und jagte ihn in sein Revier zurück. Ich rannte nur noch weinend nach Hause, hatte jedoch ab diesem Zeitpunkt keine Angst mehr vor dem streunenden Hund.

Im Winter war ebenso Zeit eingeplant, um den Wänden in den Zimmern einen neuen Anstrich zu verpassen, was für uns genauso spannend war. Der Maler kam mit den verschiedenen Farbmustern ins Haus, um abzuklären, welches Zimmer mit welcher Farbe versehen werden sollte. Damit die Wand nicht so eintönig aussah, hatte er Walzen dabei, welche verschiedene Muster auf der Wand abbildeten. Damit walzte er eine Probe auf die jeweilige Wand, wodurch man eine bessere Vorstellung vom entstehenden Muster bekam. Danach wurde die Wand zunächst einfarbig überstrichen, bevor die Musterrolle mit der dazu passenden Farbe zum Einsatz kam. Irmgard und ich durften für unser Zimmer selbst Farbe und Muster bestimmen. Bei den restlichen Zimmern durften wir zwar ebenfalls Farbe und Muster ansehen und unsere Meinung kundtun, aber letztlich nicht entscheiden.

Erste Versuche beim Reimen

Ein allseits bekanntes Sprüchlein mit folgendem Text eignete sich in meinen Augen irgendwie zur Veränderung:

Eins, zwei, drei, in der Bäckerei,
hat ein Vogel hingeschissen,
hat vergessen, wegzuwischen,
kam der Onkel Fritze, meint es wär Lakritze,
steckt es in die Pfeif, pfui das ist ja Scheiß.
Also versuchten wir uns selbst im Reimen auf der Grund-
lage dieser Zeilen. Den Anfang veränderten wir nicht, aber
dann kam mir eine Idee.

Anstatt dem Onkel Fritz, reimte ich:

Kam die Tante „Irml",
meint es wär „Laquirmil",
streicht es in die Fidelgeig,
pfui das ist ja Vogelteig.

Meine Schwester Irmgard wurde im Alltag nur „Irml" genannt. Laquirml war ein Fantasiewort von mir, weil sich sonst nichts reimte. Sozusagen künstlerische Freiheit.
Es war üblich, dass unsere Namen im Alltag meist verkürzt wurden. Aus Rudolf wurde Rudl, aus Alfred Fredl, aus Gertrud Gertl, aus Robert Robl. Nur Ernst wurde verlängert und beam ein l angehängt. Also Ernstl.

Es wurden auch Spitznamen vergeben. Heinz, der älteste von allen, war groß gewachsen aber sehr schlank. Er war der „Hangele". Zwischendurch wurde er jedoch auch „Kamelweible" genannt. Rudolf hatte aufgrund der Ähnlichkeit mit einem Jakob den Namen „Jackl". Ernst war die „Maus". Er hatte immer Mäuse gefangen und am Schwanz in die Höhe gehoben, bis sich einmal eine nach oben drehte und ihn in den Finger gebissen hat. Alfred war der „Hubbe", er hat gerne die Hupe am Traktor bedient. Beim Vater war ich oft sein „Schlumpele". Irmgard und mich zusammen nannte er gerne seine „zwoi Hennala", weil wir wie zwei Küken meist zusammen unterwegs waren.

Das konnten wir als Kinder selbst gut beobachten. Kauften doch die Eltern jedes Jahr im Frühsommer kleine Küken. Diese bekamen ihr eigenes kleines Häuschen, das „Kükenheim". Darin hängte Mutter in einer Ecke einen InfrarotStrahler auf, dass es die Küken auch ohne Glucke angenehm warm hatten. Davor wurde eine Abgrenzung aus Holz angebracht, die oben mit Draht bespannt war.

So hatten die kleinen Tierchen Auslauf auf Wunsch sogar ins Freie.

Die ganze Behausung musste von Zeit zu Zeit an einen anderen Platz gestellt werden, dass die Küken immer frisches Gras hatten und gleichzeitig keine Fläche wirklich zerstört wurde. Es war uns immer eine Freude, diese flauschigen Knäuel zu beobachten, oder Mutter zu helfen, wenn sie ihnen junge Brennnesseln als Futter reichte. Später durften wir diese Aufgabe selbst übernehmen. Allerdings piekste uns dieses Grünzeug des Öfteren unangenehm in die Hände. Mutters Kommentar dazu: „Das ist gesund, da bekommt ihr später kein Rheuma". Wir wunderten uns darüber, dass sich die Küken beim Fressen nicht den Schnabel verbrannten.

Als Irmgard zur Schule ging, musste sie auch mehr Verantwortung übernehmen. So mussten die „Großen" jede Menge Kartoffeln aus dem Keller schleppen und in eine große Metallwanne im Hof schütten. Dazu Wasser aus dem Brunnen füllen und die Kartoffeln waschen. Danach mit einem Art Riesenschaumlöffel wieder in die Körbe fassen und in der Waschküche in den Kessel füllen. Auch das Feuer unter dem Kessel mussten die Großen anzünden sowie daneben noch einen Korb mit Holz platzieren. Am Eingang zum Gemüsegarten stand ein kleines Gebäude, welches vermutlich früher als Back- oder Waschhaus gedient hatte. Dort sollten wir immer beim Verlassen des Hauses den Schlüssel der hinteren Eingangstüre deponieren, dass keine fremde Person Zutritt ins Haus bekam, wenn wir nach getaner Hausarbeit aufs Feld gingen. Da die Kartoffeln aber für eine gewisse Zeit weiterkochen mussten, war es Irmgards Aufgabe - mit meiner eher dürftigen Unterstützung - das Feuer am Leben zu erhalten. Schließlich hatten die Schweine am Abend Hunger, da mussten die Kartoffeln weichgekocht sein. Weil wir noch sehr jung und ängstlich waren, verschlossen wir die Türe auch dann, wenn wir zum Holzlager gingen. Denn zu unseren Aufgaben zählte es auch, mit unseren kleinen Körben Holz für die Küche zu holen.

Nach Erledigung unserer Arbeiten hatten wir die Ansage, aufs Feld zu kommen. Natürlich zu Fuß und nicht, ohne vorher das Haus ordnungsgemäß verschlossen zu haben und in besagtem Gebäude den Schlüssel zu deponieren. Irgendwann war Irmgard es leid, immer den Umweg dorthin zu machen und weil ich auch keine Lust dazu hatte, steckte sie den Schlüssel in ihre Schürzentasche. Und prompt verlor sie ihn. Unsere Suche blieb leider ergebnislos. Aus Angst vor Strafe oder Schlägen verrieten wir das nicht. Als am Abend der Schlüssel nicht am dafür vorgesehenen Platz lag, suchten die Eltern mit viel Aufwand alle Ritzen und möglichen Stellen ab, in die der gefallen sein könnte. Er ist jedoch nie wieder aufgetaucht.

Da der Weg zum Feld so manches Mal über den „Gumpengraben" führte, hatte unsere Mutter Sorge, dass wir aus lauter Faszination für das Wasser hineinfallen könnten. So warnte sie uns immer wieder aufs Neue davor, nur ja nicht stehen zu bleiben. Da drinnen wohnt der „Hogama" (Hakenmann). Sollte er uns nämlich sehen, würde er mit seinem „Hoga" (Haken) herauslangen und uns zu sich in die Tiefe ziehen. Sie ahnte nicht, dass wir diese Gestalt unbedingt sehen wollten. Also blieben wir auf der Brücke stehen und schauten gebannt ins Wasser. Leider bekamen wir „ihn" nie zu Gesicht. Eine gewisse Angst hatten wir trotzdem. Sahen wir nämlich, dass sich im Wasser was rührte, nahmen wir ganz schnell Reißaus und marschierten schnurstracks und mit klopfendem Herzen weiter bis zum Feld. Natürlich haben wir das damals nie verraten. Erst als ich längst verheiratet war und meine Mutter öfter einen Besuch bei mir machte, erzählte ich davon. Da ist sie im Alter noch sehr erschrocken darüber. Sie meinte, da erfindet man aus Sorge solche Geschichten und ahnt nicht, dass man damit das Gegenteil erreichen könnte. Ich tröstete sie mit dem Hinweis, dass ja alles gut gegangen sei.

Kamen wir abends nach Hause, entnahm Mutter die gekochten Kartoffeln für die Schweine aus dem Kessel. Waren einige besonders schöne Exemplare dabei, rief sie uns zu sich und fragte, ob wir welche essen möchten. Eilig schnappten wir unsere „schönen" Teller, das waren sie damals nämlich in unseren Augen, sprangen in die Waschküche, wo Mutter uns warme Kartoffeln drauflegte. Schnell die Schale entfernt, hatten wir so ein leckeres Abendessen.

Heute zeugt ein Loch in der Mitte wohl von meinem Appetit.

Meistens schmeckte uns das Essen, weil meine Mutter wirklich gut kochen konnte. Es gab jedoch auch Tage, an denen wir gerne etwas anderes gehabt hätten. Dann kam von Vater stets derselbe Spruch: „Ihr solltet einmal nach Russland kommen, dann würdet ihr euch alle Finger abschlecken nach so einem Essen. Dann wüsstet ihr mal, was Hunger ist." Er sprach aus seiner Erfahrung, als er Soldat in Russland war.
Irmgard war nach Mutters Meinung im Schulalter groß genug, den Hausgang oder die Haustreppen zu kehren. Und dass ich in dieser Zeit nicht nutzlos herumstand, musste ich sie gleich unterstützen. Also war es meine Aufgabe, den Schuhabstreifer auszuschütteln.
Damals war der bei den Bauern ein Rupfensack, der in der Mitte zusammengelegt und vor der untersten Stufe platziert wurde.

Er war fast so groß wie ich, wie auf dem Bild unschwer zu erkennen ist. Außerdem musste ich zu dieser Arbeit ein Kopftuch umbinden, dass die Haare sauber blieben. Als meine Schwester Anneliese verheiratet war, hatten wir auch sonst kleine Arbeiten zu erledigen. Irmgard musste mit einem Tritthocker vor die Spüle stehen und abspülen und ich hatte das Abtrocknen des Geschirres zu übernehmen. Waren wir manchmal unterschiedlicher Meinung – über was auch immer – wollten wir klären, was denn nun richtig war. Kam Vater in die Nähe und hörte uns, rief er, jetzt streiten die schon wieder. Wir schauten uns an, grinsten, schüttelten die Köpfe und meinten, wir streiten doch gar nicht. Sein Ausspruch war dann für gewöhnlich: „Dia zwoi Hutzala, dann sagans no, sie streiten net." Damals kannten wir das Wort diskutieren noch nicht, es wäre genau das richtige gewesen. In meiner Erinnerung ist mir kein ernsthafter Streit bekannt.

Auf Nachfrage hatte Irmgard die gleiche Meinung.

Schulbeginn

Im Jahr 1961 wurde ich eingeschult. Wir hatten in Heissesheim ein eigenes Schulhaus. Dort wurden alle acht Klassen in einem Raum von einem alten Lehrer unterrichtet. Mit mir wurden noch ein Mädchen und ein Junge eingeschult. Insgesamt waren wir 21 Schüler in acht Klassen. Da war auch außer Lernen manche Unterhaltung geboten. Meistens natürlich von den älteren Jungs. Rückblickend muss ich sagen, dieser Lehrer war nicht zu beneiden. Da gab es die Gelegenheit, dass einer unter der Bank mit einer Wasserpistole durchzielte und diesem gestressten Mann die Hose nass machte oder andere ähnliche Scherze. Trieben sie es zu bunt, holte er den Tatzenstecken vom Schrank. Ab und zu war dieser jedoch angesägt und brach schnell ab.

Ich kann mich noch heute erinnern, dass meine Kameradin und ich mit unserer Schreibübung auf der damals üblichen Schiefertafel fertig waren. Der Lehrer stand ein paar Schritte hinter uns, um den Großen etwas zu erklären. Das dauerte uns zu lange und wir schwätzten miteinander. Leider hat es der Lehrer auch gehört. Ohne dass wir es merkten, trat er während seiner Erklärungen von hinten zu uns. Und ehe wir registrierten was da geschah, klopfte er von hinten mit einem Buch auf unsere Köpfe. Es tat nicht wirklich weh, aber der Schreck fuhr uns beiden mächtig in die Glieder. Wir hörten nur ein Kichern hinter uns, aber wir wagten es nicht mehr aufzuschauen, geschweige noch einmal etwas zu reden. Wir kleinen hatten damals schon noch Respekt. Dieser Lehrer konnte aber zumindest in meiner Erinnerung im Musikunterricht sehr schön Geige spielen. Im Winter sahen wir ihm oft beim Schlittschuhlaufen zu. Er legte immer eine Hand auf den Rücken und drehte gekonnt seine Runden.

Klassenzimmer. Leider sind nicht alle Schüler darauf zu sehen.

Als ich in die zweite Klasse kam, wurde dieser Lehrer pensioniert, deshalb sollte die Schule in Heißesheim geschlossen werden und wir sollten nach Mertingen zur dortigen Schule. Einige Eltern wollten das verhindern. Zunächst ohne Erfolg. So kam vom dortigen Autohaus Gerstmeier der Chef persönlich mit einem VW-Bus nach Heißesheim, um uns zu holen. Das gefiel uns gar nicht. Die Großen machten daraus auch keinen Hehl und ärgerten diesen Herrn gewaltig mit allen möglichen Scherzen, obwohl er ja eigentlich gar nichts dafür konnte. Er hatte schließlich von der Gemeinde den Auftrag, uns zur Schule zu bringen. Aber ich habe sein Fluchen noch heute im Ohr, wenn er verärgert war. Nachdem diese Strategie erfolglos war, griffen die Buben zu härteren Maßnahmen. Sie schaukelten den Bus vorzugsweise in den Kurven immer in die passende Richtung auf, dass der Fahrer beinahe nicht mehr zurechtkam und um Haaresbreite fast in den Graben fuhr. Das ging ein paar Tage so, dann streikte Herr Gerstmeier. Er lehnte es ab, uns weiterhin zu fahren. So gab es für uns nur noch „Schulstreik". Unsere Eltern weigerten sich, uns zu Fuß in die Schule gehen zu lassen. Es gab schließlich eine Lehrerin, die nach einer Familienpause wieder in den Schuldienst eintreten wollte. Die kannte mein späterer Schwiegervater und setzte mit den anderen Eltern alle Hebel in Bewegung, dass diese Frau in Heissesheim unterrichten durfte. Wir hatten unser Ziel erreicht und hatten nach einigen Streiktagen wieder Unterricht in unserer eigenen Schule. Also wieder acht Klassen in einem Raum. Die neue Lehrerin war eine gütige

Frau, die gleichwohl Liebe und Strenge walten ließ. So war sie auch meistens bei allen beliebt. Bei ihr haben wir auch sehr viel gelernt. Manchmal gab sie extra nachmittags Unterricht z.B. in Maschinenschreiben oder anderen Fächern, die eigentlich gar nicht auf dem Lehrplan standen.

Nachdem ich die 6. Klasse beendet hatte, wurde die Schule in Heissesheim endgültig geschlossen. Das war 1967, als überall kleine Schulen aufgelöst und öffentliche Schulbusse eingesetzt wurden. Also besuchte ich noch zwei Jahre in Mertingen die Hauptschule. Allerdings waren wir Heissesheimer im Unterrichtsstoff weit voraus, obwohl alle Jahrgänge zusammen unterrichtet worden waren.
Aber in dieser meiner Schulzeit passierten auch noch viele interessante Dinge.

Als ich in der ersten Klasse war, bekamen Irmgard und ich jeweils ein Märchenbuch zu Weihnachten. Meines war von den Gebrüdern Grimm und hellblau. Ich besitze es noch heute. Das von Irmgard war gelb und soweit ich mich erinnere, von Andersen. Da wir beide fleißige Leser waren, hatten wir unsere Bücher bald ausgelesen. Also wurde getauscht und nach einer weiteren Leserunde wieder zurückgetauscht. So ging das oft hin und her. Ansonsten hatten wir außer unseren Lesebüchern noch ein Rätselbuch, eines mit kleinen Geschichten und ein „Heidi-Buch". Später stibitzten wir die Lesebücher unserer Geschwister und die anderen Bücher, die sie besaßen. Das waren auch nur wenige. Hatte ich gerade nichts Besseres zu tun, lernte ich einfach Gedichte aus den Schulbüchern auswendig. Ich war nämlich immer beeindruckt, wenn Mutter Gedichte aus ihrer Schulzeit zitierte.

Meine älteste Schwester, Anneliese, die zu diesem Zeitpunkt längst verheiratet war, hatte ein Buch mit dem Titel: „Zwischen Bergwald und ewigem Schnee". Das hab ich mir manchmal bei ihr geholt, jedoch immer wieder zurückgebracht.

Den Brüdern gehörten noch welche mit dem Titel „Jagdabenteuer am Waldsee" und „In des Tannenwalds Kinderstube". Das waren jeweils Tiergeschichten. Die waren ebenfalls spannend zu lesen.

Diese beiden Bücher habe ich mir bei meinem Auszug angeeignet, weil anderweitig kein Interesse bestand, sie zu besitzen. Man sieht ihnen an, dass sie oft und viel benutzt wurden.

Interessanten Lesestoff für uns boten auch die jährlich erscheinenden Schwäbischen Hauskalender. Jeden Monat gab es eine lustige Illustration und einen kleinen Reim. Außerdem standen dort der Sonnenauf- und -untergang, der Hundertjährige Kalender und verschiedene Bauernregeln des jeweiligen Monats.

Nach den zwölf Monaten waren Geschichten und Gedichte abgedruckt, meistens von heimischen Schriftstellern. Egal, ob es nun lustige, besinnliche, geschichtliche oder andere Erzählungen waren, Hauptsache wir hatten Lesestoff.
Später durchstöberten wir im Obergeschoss eine alte Holztruhe und entdeckten dort ein Buch mit dem Titel „Onkel Toms Hütte" und ein paar alte Modezeitschriften, deren Inhalt uns ebenfalls fesselte.

Schweine hüten

Spätestens jetzt waren wir in diesem Alter, in dem wir Schweine hüten mussten. Bei schönem Wetter durften jeweils ein paar Schweine an die frische Luft und sich um die Misthaufen im dort vorhandenen Gras und Gebüsch aufhalten. Aber sie sollten eben nicht in den Hof. Da die Verbindung neben dem Stall und dem Gartenzaun eine Spanne von etwa vier Metern hatte, mussten wir uns mit einer Rute dort hinstellen und aufpassen, dass die Schweine nicht an dieser Stelle zum Hof und eventuell sogar zur Straße liefen. Weil wir nicht groß genug waren, den ganzen Weg zu versperren, meisterten wir diese Aufgabe gemeinsam. Das war auch nicht so langweilig. Raste allerdings eine große Sau im Schweinsgalopp auf uns zu, weil eine andere die Verfolgung aufgenommen hatte, konnte es schon passieren, dass wir es nicht verhindern konnten, dass sie uns entwischte. Dann war Eile geboten. Eine von uns beiden versuchte, den Weg zur Straße abzusperren, die andere sprang davon, um Hilfe von den Erwachsenen oder eben den großen Brüdern zu holen. Dafür gab es natürlich kein Lob, obwohl wir uns unschuldig fühlten.

Das war auch die Zeit, in der wir helfen mussten verschieden andere Arbeiten zu verrichten. So zum Beispiel im Frühjahr, wenn es Zeit war, die Rüben durchzuhacken. Das konnten wir natürlich noch nicht wirklich. So waren wir doch mit auf dem Acker um die Rüben, die zu dicht bei einander standen, zu vereinzeln. Mutter erklärte uns, immer die kleinste Pflanze zu entfernen, damit die größere mehr Platz habe, um zu wachsen. Das nannte man damals Rüben verziehen. Die so ausgerissenen Pflänzchen waren Abfall.

Erster Neffe

1962 als Robert drei Jahre alt war, bekam Anneliese das erste Baby. Wir freuten uns sehr und wollten den Burschen so oft wie möglich, sehen. Es erfüllte uns mit Stolz, dass wir nun schon Tanten waren.

Anna sagte zu Robert immer, er sei jetzt Onkel. Er wäre nun Onkel Robert. Da Robert zu dieser Zeit schon sehr klug war, waren Onkel in seinen Augen ältere Herren, also Respektspersonen. So war er stolz, nun auch ein Onkel zu sein. Wegen seiner Sicht mit dem damit verbundenen Respekt eines Onkels sagte er fortan, wenn ihn jemand nach dem Namen fragte: „Ich heiße Onkel Robert". Daran hatten die Leute Gefallen und wollten immer wieder wissen, wie er denn heißen würde. Die Antwort blieb immer dieselbe.

Allerdings hatten wir so manches Mal unseren Spaß, ihn damit in späteren Jahren zu necken.

Neubau Schweinestall

Als der alte Schweinestall baufällig wurde, musste er einem neuen modernen Gebäude weichen. Außerdem waren Garagen nötig, da die älteren Brüder bereits Auto fahren konnten und Vater hatte ein Auto für alle gekauft. Es war ein hellgrauer Simca 1300. Vater freute sich besonders, dass er nun nicht mehr ständig auf die Verwandten und Bekannten angewiesen war, wenn er in die Stadt oder zum Arzt musste, oder einfach irgendwo einen Besuch machen wollte.

Auf einer Seite des Gebäudes musste auch ein neuer Hühnerstall angebaut werden. Der alte war ja mit dem Schweinestall abgerissen worden. Ich erinnere mich noch, dass die Maurer ihren Spaß mit Robert hatten. Sobald er ihnen bei der Arbeit zuschaute, erzählten sie ihm allerhand Blödsinn. Einer der Maurer hieß Josef. Er war ein Spaßvogel und wollte immer den kleinen Robert ärgern mit der Frage „Hots dii?" (zu Deutsch: ist bei dir im Oberstübchen etwas nicht in Ordnung). Als Anna das hörte, sagte sie ihm, er solle zurückfragen: „Piept´s dii?" Was Robert natürlich bei der nächsten Gelegenheit tat. So entwickelte sich zwischen den beiden der etwas seltsame, aber für uns trotzdem unterhaltsame Dialog mit „Hots ii? und „Piepts dii?" Dieser Ausspruch hielt sich sehr lange auch bei anderen Gelegenheiten.

Als das Gebäude fertiggestellt war, mussten Irmgard und ich im künftigen Hühnerstall restliche Holzteile aufräumen.

Die Hühner bekamen nämlich geräumige Nester aus Holz, die mit Stroh ausgepolstert wurden, dass sie einen schönen Platz hatten, ihre Eier zu legen. Da wir jedoch nicht so oft zur Türe laufen wollten, warfen wir die restlichen Abschnitte mit Schwung durch das Schlupfloch hinaus. Dabei übersahen wir leider, dass der Chef vom Bauunternehmen, Herr Schweitzer, mit Rudolf und Mutter vor dem Stall noch etwas zu besprechen hatten. Da passierte es. Eine von uns beiden warf ein Stück Holz ins Freie und traf Herrn Schweitzer am Bein. Wir merkten erst, was geschehen war, als dieser draußen im Garten heftig und lautstark fluchte. Wir duckten uns, damit er uns nicht durchs Fenster sehen konnte und verhielten uns ganz leise bis die Luft wieder rein war. Erst danach ging unsere Aufräumaktion weiter. Wir freuten uns jedenfalls diebisch, dass wir nicht entdeckt worden waren.

Zu dieser Zeit wurde Robert immer mehr Annas Liebling. Irmgard und ich waren inzwischen in der Schule und ließen uns von Anna nicht mehr so stark vereinnahmen. Reiste sie hin und wieder zu ihrem Bruder nach Lauingen, nahm sie meistens Robert mit. So war sie im Zug nicht ganz alleine und da ihr Bruder hatte eine Tochter in fast dem gleichen Alter hatte, konnten die Kinder zusammen spielen, während sich die Erwachsenen unterhielten. Robert gefielen diese Ausflüge lange Zeit. Er verstand sich mit diesem Mädchen ganz gut und Anna fragte ihn immer wieder, ob der denn die M…. später einmal heiraten wolle. Robert antwortete aus Überzeugung mit ja. Manchmal meinte er auch, er würde Anna heiraten und falls die bis dahin zu alt wäre, dann würde er die M…. nehmen. Auch bei anderen Reisen, bei denen er Anna begleiten durfte, war er stets begeistert. Anna hielt bis ins Alter große Stücke auf Robert.

Erste Operation

Ein unschönes Erlebnis hatte ich, als ich in der zweiten Klasse war. Ich musste ins Höchstädter Krankenhaus um meinen Blinddarm entfernen zu lassen. Dieses Haus hatte damals einen guten Ruf. Der Chefarzt, Dr. Strehle, war sehr beliebt. Er hatte zuvor schon meine Mutter operiert und später auch meinen Bruder Alfred. Das Haus wurde größtenteils von Ordensschwestern geführt. Sie waren zwar alle sehr nett zu mir, aber auch sehr streng. Es war für mich keine leichte Zeit. Hatte ich doch das Fernweh nach meiner lieben Tante Gertrud an den Bodensee kaum verarbeitet. Da Vater keinen Führerschein hatte, konnte er mich nur besuchen, wenn sich eine Fahrgelegenheit bot. Das versuchte er aber möglichst oft. Mutter musste zu Hause bleiben und den kleinen Robert und das Hauswesen versorgen. Anneliese war inzwischen verheiratet. Nun lag ich da im fremden Bett und hatte Schmerzen auszuhalten. Ganze zehn Tage dauerte der Aufenthalt dort. Vater brachte mir meine Puppe mit, damit ich etwas von zu Hause hatte. Als Doktor Strehle am nächsten Tag zur Visite kam, drehte ich meine Puppe um, dass sie Mama krächzte. Er tat, als würde er erschrecken und machte einen gekonnten Sprung in die Höhe. Das machte mir Spaß. Sobald er an den folgenden Tagen an der Türe erschien, ließ ich meine Puppe sprechen. Und prompt hüpfte er in die Höhe, dass er sich an den niedrigen Türen seinen Kopf ein wenig anstieß. Darüber freute ich mich, aber leider tat mir beim Lachen immer der frisch operierte Bauch weh.

Auch wenn ich noch nicht alles machen durfte was wir sonst im Alltag anstellten, so war ich doch froh, als ich endlich entlassen wurde. Zuhause besuchten mich danach verschiedene Leute und brachten mir allerhand Leckereien mit. Das war das Beste an dieser Operation.

In diesem Jahr bekamen wir im Sommer von Verwandten aus Augsburg je ein paar Rollschuhe, die ihre Kinder, da sie alle etwas älter waren als Irmgard und ich, nicht mehr brauchten. Rollschuhe waren damals noch zum Aufschrauben auf die normalen Schuhe und in der Länge verstellbar, ebenso wie im Winter die Schlittschuhe. Mit diesen Rollschuhen lernten wir zu fahren. Vor unserem Haus war auf die gesamte Länge ein befestigter Gehweg, bevor der unbefestigte Hof begann. Dieser Weg war gerade so breit, dass wir, vorsichtig fahrend, aneinander vorbei kamen. So hielten wir uns anfangs an der Hauswand fest und versuchten, uns vorwärts zu bewegen. Aber bald beherrschten wir diese Technik und fuhren auch auf den Gehwegen zwischen den Gartenbeeten. Wir waren also bei schönem Wetter stets in Bewegung aber auch bei weniger schönem Wetter waren wir nicht so leicht zu bremsen.

Wir waren durch unseren Bewegungsdrang ziemlich gelenkig, konnten uns auf den Boden setzen und mit der linken großen Zehe hinter dem rechten Ohr kratzen oder umgekehrt. Wer es am längsten schaffte, hatte gewonnen. Genauso interessant war es, mit den Zehen einen Stift vom Boden aufzuheben oder kleine Bausteine von Robert zu stibitzen, während er spielte. Er ärgerte sich darüber und wir hatten unseren Spaß.

Kaffee, eine Seltenheit

Nur an Sonntagen, an denen Besuch ins Haus kam, wurde Kaffee aufgebrüht. Mutter bekam nämlich davon immer Magenprobleme und Vater sollte sowieso keinen trinken, wegen seiner verschiedenen Krankheiten.

Für uns Kinder gab es entweder Marmeladenbrot und dazu Kakao oder aber Haferflocken mit Milch. Das aßen wir gerne, stellten allerdings schnell fest, dass sich der Geschmack steigerte, sobald wir etwas Kakao darunter rührten. Mutter achtete jedoch darauf, dass niemand zu viel davon untermischte.

Irgendwann sind Irmgard und ich nachts aufgewacht, bildeten uns ein, wir hätten Hunger und sind in die Küche geschlichen. Wir rührten uns Haferflocken und Milch mit ganz viel Kakao zurecht, im Bewusstsein, jetzt würde es niemand sehen. Wir rechneten nicht mit Mutters gutem Gehör, welches anscheinend auch nachts funktionierte. Plötzlich stand sie in voller Lebensgröße vor uns und fragte, was wir denn hier machten. Ertappt bei dieser unerlaubten Aktion verteidigten wir uns vorsichtig mit der Aussage, dass wir doch gerade jetzt solchen Hunger verspürt hätten und ohne etwas zu essen nicht mehr einschlafen könnten. So wie ich Mutter kannte, hat sie uns durchschaut aber in Anbetracht der Uhrzeit fiel die Zurechtweisung entsprechend klein aus.

Ferien in Nördlingen

Im folgenden Sommer durften wir ein paar Tage der Ferien bei Onkel Ernst und Tante Sofie in Nördlingen verbringen. Eigentlich war es dort sehr schön. Deren Sohn Erich ging mit uns nachmittags ins dortige Schwimmbad. So etwas kannten wir bis dahin nicht. Er war viel älter als wir, erklärte uns sehr ernst, wie wir uns zu verhalten hätten und spielte mit uns Wasserball. Ebenso durften wir bei Onkel Ernst zuhause den Schulungsraum bestaunen und das Material, mit dem er seine Fahrschüler unterrichtete. Leider bekam ich nach ein paar Tagen ziemlich Heimweh und ließ mich nicht vertrösten. So brachten sie uns ohne Vorwürfe umgehend heim und meinten, die Erlebnisse meiner ersten enttäuschenden Reise und meinen Krankenhausaufenthalt hätte ich wohl noch nicht so ganz verarbeitet. Als wir zuhause ankamen, saß Robert mit einem eingegipsten Arm ziemlich bleich auf dem Sofa. Er hatte sich auf dem Milchwägelchen getummelt, das mit Strohballen beladen war und ist abgestürzt, weil diese Ballen ins Rutschen kamen. Prompt hat er sich genau beim Ellbogen den Arm gebrochen. Er war richtig froh, als wir wieder heimkamen und ihm die Langeweile etwas vertreiben konnten. Als ihm der Gips entfernt wurde, war Vater dabei und stellte sofort fest, dass das Gelenk wohl verkehrt eingerichtet worden war und deshalb eine starke Krümmung aufwies. Da schob dieser Doktor Pommer seinen Ärmel zurück und sagte, das sei nicht so schlimm, er hätte denselben Arm. Ab diesem Zeitpunkt war für Robert klar, dass er ganz sicher Arzt werden würde. Er war der Meinung, dass diese Fehleinrichtung Tradition sei und er nun dazu berufen sei, diese an die nächste Generation weiterzugeben. Tatsächlich studierte er nach seiner Ausbildung zum Industriekaufmann noch Medizin.

Wir hatten im Haus eine interessante Abhöranlage. Die Eltern ließen im Wohnzimmer einen Kachelofen einbauen gekoppelt mit einer Warmluftheizung für die anderen Zimmer. Diesen Ofen befeuerte man vom Hausgang aus mit Koks. Zu allen Zimmern wurden an der Decke Rohre verlegt, nach oben entlang des Kamins und in diese Schächte Jalousien aus Metall eingesetzt. Diese konnten je nach Temperatur etwas weiter geöffnet oder geschlossen werden, um mit dieser warmen Luft zu heizen. Irmgard und ich durften zu dieser Zeit bereits oben schlafen. Weil Anna abends mit Mutter noch immer über vielerlei reden wollte, was nicht für unsere Ohren bestimmt war, mussten wir zeitig ins Bett. Unser Zimmer befand sich direkt über der Küche und in beiden Räumlichkeiten war jeweils eine dieser Jalousien. Beim Hinausgehen öffneten wir die untere in der Küche. Oben angekommen, taten wir dasselbe in unserem Zimmer. So diente uns die Heizung als Abhöranlage.
Lange blieben wir unentdeckt und konnten so ohne Mühe den Gesprächen lauschen. Obwohl wir die meisten Personen nicht kannten, von denen Anna immer das Neueste zu erzählen hatte, so war es für uns trotzdem spannend. Hauptsache wir hatten Anna ausgetrickst.

Irgendwann jedoch kam es wie es kommen musste, eine von uns musste niesen oder husten. Das hörten natürlich umgekehrt die Personen in der Küche auch. Unser Spionageweg war entdeckt und fortan achtete Anna streng darauf, dass die Jalousie in der Küche verschlossen war, sobald wir nach oben gingen. Anfangs versuchten wir zwar trotzdem etwas zu erfahren, indem wir uns auf den Boden legten und das Ohr ganz nah an den Fußboden drückten, der nur aus Holz und nicht aus Beton war. Aber zum einen hörten wir nicht viel und zum anderen war das unbequem. Also suchten wir uns wieder eine neue Beschäftigung bis wir müde genug waren, da wir einfach nicht mehr gewillt waren, auf Annas Kommando zu schlafen.

Wir merkten natürlich auch sehr bald, dass Rudolf an manchen Wochenenden bis spät in der Nacht unterwegs war. Vater nannte ihn immer einen „Spätheimkehrer" und meinte, er solle früher nach Hause gehen, dann hätte er morgens auch ausgeschlafen. Rudolf erklärte ihm aber, dass er ein „Frühheimkehrer" sei, denn er käme früh nach Hause. So kamen wir in den Ferien auf die Idee, eine Nacht ohne Schlaf auszuprobieren. Etwas Lesematerial hatten wir im Zimmer und solange sich draußen was rührte, konnten wir aus dem Fenster schauen. Selbst die Sterne und Wolken waren eine gute Unterhaltung. Alles war wichtig, nur um nicht einzuschlafen. Wir redeten über dies und jenes und stellten uns die verschiedensten Rätselfragen. Dabei waren wir sehr kreativ. Irmgard hatte zufällig auf dem Acker ein paar kleine Kartoffeln in ihre Schürzentasche gesteckt, weil ihr diese so gut gefallen hatten. Bei weiteren Überlegungen konnten wir die Teile gut gebrauchen. Wir legten uns in der Mitte unserer Betten quer, so dass wir mit dem Oberkörper aus dem Bett hingen. Das war eine unbequeme, aber effektive Position, um die Kartoffeln als Schusser zu verwenden. Irmgard beförderte eine Kartoffel mit Schwung unter den Betten durch zu mir. Ich stoppte sie nach Möglichkeit und ließ sie wieder gezielt zurückrollen. Dieses Spiel machte Spaß und wir betrieben es eine ganze Zeit lang. Nach einem gewissen Training nahmen wir eine zweite Kartoffel dazu. Also praktisch im Gegenverkehr. Das war noch viel interessanter. Doch irgendwann war es anscheinend unten zu hören, dass wir nicht schliefen. Also kam der Hinweis, dass sofort Ruhe einkehren sollte und die Frage, was wir eigentlich täten. Damit war unser Kartoffelspiel beendet und wir suchten uns eine neue Beschäftigung. Gut, dass wir viele Ideen hatten. Mit allen Mitteln hielten wir uns fast die ganze Nacht hindurch wach. Erst als es draußen hell wurde, waren wir so müde, dass wir den ganzen Morgen verschliefen. Aber wir waren am Ziel. Wir hatten eine ganze Nacht ohne Schlaf verbracht.

Irmgard musste putzen

Als Irmgard so etwa zwölf Jahre alt war, musste sie auch des Öfteren den Hausgangboden wischen. Da meinte Mutter zu ihr: „Du bist jetzt alt genug, du kannst das." Da ich ausnahmsweise nicht dazu angehalten war, ihr zu helfen, stand ich also vor der offenen Haustüre und schaute ihr zu. Nach dem Hausgang kam noch die Treppe am Eingang dran. Unten angekommen hatte sie einen Eimer voll schmutzigen Wassers. Ich weiß zwar nicht mehr genau wie ich es angestellt habe, aber ich habe sie wohl gereizt, weil sie den Dreck zusammenputzen musste. Sie hob ihren Eimer und wollte mich etwas anspritzen. Dabei nahm sie jedoch zu viel Schwung, hat das schmutzige Wasser in meine Richtung geschüttet und mich doch tatsächlich voll getroffen, weil ich stehen geblieben war. Das tat ihr natürlich im nächsten Augenblick leid und wir vertrugen uns auch schnell wieder.

Etwas später, als ich etwa elf oder zwölf Jahre alt war, verbrachte unser Vetter Fritz die Ferien bei uns. Er war so alt wie Robert, brauchte aber einige Zuwendung, da ihn zwischendurch Heimweh plagte. Spielten die beiden miteinander, musste ich immer aufpassen, dass nichts passierte.
Eines Tages, als das Stroh eingefahren und in der Scheune im sogenannten Strohstock verstaut war, hatten sie eine Idee. Sie stiegen die Leiter hinauf und hüpften auf den Strohballen. Trampolin waren schließlich zu dieser Zeit Fehlanzeige. Ich sollte von unten aufpassen, dass sie nicht

zu wild tobten. Doch ich konnte nicht verhindern, dass Robert zu weit an den Rand trat und abstürzte. Da lag er nun auf dem Betonboden direkt vor meinen Füßen. Ein mächtiger Schreck fuhr mir in die Glieder. Gott sei Dank stand er gleich wieder auf. Ich schaute zuerst, ob er eine Wunde hatte und wollte ihn zu Mutter ins Haus bringen, wohl wissend, was mich erwartet. Auf halbem Weg durch den Hof drehte er jedoch um und lief zurück zum Stadel. Fritz musste mir helfen und gemeinsam schafften wir ihn in die Küche. Er war zwar äußerlich unverletzt, hatte aber wohl eine leichte Gehirnerschütterung und musste ein paar Tage Ruhe geben. Da nun die beiden Burschen nicht mehr toben konnten, wurde das Heimweh von Fritz noch stärker und ich gab mir viel Mühe, ihn immer wieder aufzumuntern. Es kostete mich jedoch viel Kraft, da ich sehr mit ihm litt, kannte ich doch dieses unangenehme Gefühl.

Erlebnisse mit Ernst

Mit meinem Bruder Ernst gibt es nur wenige gemeinsame Kindheitserlebnisse. Er besuchte schon bald die damalige Mittelschule (heute Realschule) Heilig Kreuz in Donauwörth und hatte immer viel zu lernen. Im Winter wohnte er teilweise bei einer bekannten Familie. So musste er diesen Weg nicht täglich mit dem Fahrrad zurücklegen und trotzdem nicht in das zur Schule gehörende Internat einziehen. Im Sommer war jedoch tägliches Radeln angesagt. Wegen des umfangreichen Lernstoffes musste er auch eher selten seine Arbeitskraft in der Landwirtschaft einbringen. Also hieß es immer Rücksicht nehmen und leise sein, wenn er Hausaufgaben zu erledigen hatte. Während die anderen auf dem Feld waren, war er bei Anneliese zu Hause. Sie hatte nämlich das Hauswesen zu versorgen und gleichzeitig auf uns Kleine aufzupassen, sofern wir nicht mit auf dem Feld waren. Dadurch hatten die beiden ein enges Verhältnis. Sie probierten auch mancherlei Dinge (Pralinen herstellen oder Kuchen backen) gemeinsam aus und wurden dabei nicht immer sofort entdeckt.

Weil Ernst nicht in den Stall musste, konnte er an den Sonntagen länger schlafen. So wurde er auch regelmäßig am Palmsonntag der „Palmesel". Soweit meine Erinnerung reicht, schaute er immer sehr gelehrt aus. Er trug damals als Einziger in der Familie eine Brille und legte viel Wert auf sein Äußeres und besonders auf seine Frisur. Schließlich ging er in der Kreisstadt zur Schule. Ich weiß zwar nicht mehr warum, aber ich fühlte mich wieder einmal ungerecht von ihm behandelt. Da dachte ich mir ein Sprüchlein für ihn aus, um mich zu rächen. Ich habe es noch wörtlich im Gedächtnis:

„Palmesel, Spitzmaus,
Wellendrucker, Brillengucker."

In weiser Voraussicht stellte ich mich gleich an die offene Küchentüre, als ich ihm das zurief. Daraufhin musste ich sehr schnell flüchten, damit er mich nicht erwischte.

Als er aber während seiner Ausbildung zum Buchdrucker schwer erkrankte, hatte ich sehr viel Mitleid mit ihm. Sah ich ihn leidend auf dem Sofa sitzen, setzte ich mich mitfühlend neben ihn und streichelte ihm die Hand. Diese Situation hat sich in mein Gedächtnis eingegraben. Als Mutter es sah, sagte sie zu Ernst: „Beim Ansehen eurer Hände könnte man meinen, sie hat die Gelbsucht, nicht du." Aber ich war Gott sei Dank gesund.

Nach seiner Genesung erlernte er einen kaufmännischen Beruf. Schon als ich in der siebten Klasse war, heiratete er. Von zuhause ausgezogen war er allerdings schon früher.

Zeit mit Vater

Leider verging meine Kindheit viel zu schnell und ich hatte im Alter von zwölf oder dreizehn Jahren eine gewisse Verantwortung zu übernehmen, während die Familienmitglieder, die noch zuhause lebten, die Arbeiten in Feld und Stall verrichteten. Da ich noch zur Schule ging und Hausaufgaben zu machen hatte, musste ich immer ein Auge auf Vater haben. Er konnte zu dieser Zeit krankheitshalber nicht mehr arbeiten. So saß er meistens in der Küche auf dem Sofa und brauchte Unterhaltung. Bei schönem Wetter bekam er einen Stuhl unter den Birnbaum vor dem Haus. Ich hatte darauf zu achten, dass er stets im Schatten saß.

Da Irmgard bereits eine Ausbildung in der Landwirtschaft begonnen hatte, war sie zwar noch daheim, musste aber bei Mutter und Rudolf alles lernen, was für den Beruf der Land- und Hauswirtschaft nötig war. Nach zwei Jahren Lehrzeit war es vorgeschrieben, dass sie ein weiteres Jahr auf einem fremden Hof zu absolvieren hatte. So zog sie nach Bobingen bei Augsburg auf einen großen Hof. Ich hatte wenig Zeit sie zu vermissen, weil ich vermehrt Hausarbeiten übernehmen musste. Trotzdem freute ich mich auf die Wochenenden an denen sie nach Hause kam. Einmal durfte ich sie sogar dort besuchen. Rudolf fuhr mit mir an einem Sonntagnachmittag zu ihr, damit ich sehen konnte, wo sie nun ihre Zeit verbrachte.

Solange mein Vater geistig noch fit war, erzählte er mir viele Begebenheiten, die er als Soldat im Krieg erlebt hatte.

Er war an der Front an verschiedenen Einsatzorten, sowohl in Russland, als auch in Frankreich und Nordafrika. Dort wurde er mit Malaria infiziert, die ihn lange Zeit außer Gefecht gesetzt hatte. Zum Kriegsende bekam er diese schlimme Krankheit ein zweites Mal. Davon hat er sich ebenso nie mehr richtig erholt wie von seiner Verletzung. Wegen eines Durchschusses am Unterschenkel hatte er sein Wadenbein verloren.

Er erzählte mir nicht nur diese schrecklichen Dinge, sondern lehrte mich auch Mühle spielen. Das war oft unsere geistige Übung nach Erledigung meiner Hausaufgaben und der Arbeit, die ich in der Küche zu tun hatte. Ihm machte es Freude, mir noch etwas beibringen zu können und ich beherrschte dadurch dieses Spiel wie niemand meiner Geschwister, obwohl wir alle oft abends oder an den Sonntagen Spiele machten.

In der zweiten Hälfte der sechziger Jahre erlitt mein Vater mehrere Schlaganfälle und baute geistig ziemlich ab. So musste ich vermehrt darauf achten, dass es ihm an nichts fehlte. In dieser Zeit war Robert meistens bei mir, da er wie ich ebenso Hausaufgaben zu erledigen hatte. So konnte ich öfter mit ihm noch etwas unternehmen. Wir hatten viele verschiedene Brettspiele, die wir immer gerne spielten. Eine gemeinsame Lieblingsbeschäftigung war auch das Federballspiel. Das machte uns so schnell keiner nach.

Eines Abends wollte mich ein Schulkamerad mit seinem Mofa zu der Geburtstagsparty eines gemeinsamen Freundes abholen. Allerdings wusste ich nichts von den Plänen der Jungs und konnte die Eltern deshalb nicht um Erlaubnis fragen. Vater war schon sehr krank und saß vor dem Haus. Bis ich mitbekam, was da geschah, machte ihm mein Vater unmissverständlich klar, dass so etwas für seine Tochter nicht infrage käme, und er solle sich nie wieder einbilden, mich abzuholen.

An diesem Abend schämte ich mich das erste und einzige Mal für meinen Vater. Ob der Mitschüler meine Erklärung am nächsten Schultag wirklich verstand, weiß ich nicht. Er tat wenigstens so, als wäre es okay. Es war mir trotzdem peinlich.

Wenige Monate später war meine Schulzeit zu Ende und das Arbeitsleben begann. Am 16. August 1970 verstarb mein Vater, also kurz nachdem ich meine Arbeitsstelle angetreten habe. Das war für mich ein schwerer Schlag. Hatte ich doch die Jahre zuvor eine sehr enge Verbindung zu ihm aufgebaut.

Ein kleiner Ausblick auf dem Weg zum Erwachsenwerden

Obwohl ich in der Zeit meiner Jugend schon vielerlei Aufgaben hatte, möchte ich an diesen Jahren nichts ungeschehen machen. Ich hatte Spaß an der Büroarbeit, durfte ich doch die meiste Zeit des Tages an der Schreibmaschine sitzen. Da tat es gut, dass ich meinen Weg zur Arbeit bei schönem Wetter mit dem Fahrrad zurücklegte. Es waren nur fünf Kilometer. Ein solches Fahrzeug konnte ich bis zu diesem Zeitpunkt jedoch nicht mein Eigen nennen. Ernst hingegen schon. Weil er bereits ausgezogen war und seines nicht mitgenommen hatte, machte Rudolf ein Damenfahrrad daraus. Er schnitt die Querstange mittels Flex ab und schweißte sie unten wieder an den Rahmen, wegen der Stabilität wie er sagte. Er zeigte mir wie ich den Rahmen abschmirgeln sollte und mit einem feinen Lappen Schmutz und Staub zu entfernen hätte. Ebenso stellte er mir eine Dose mit einer Grundierung und einen Pinsel zur Verfügung. Damit sollte ich den abgeschmirgelten Fahrradrahmen bearbeiten. Danach sollte ich das Rad mit einer roten Lackfarbe anstreichen, die er mir ebenfalls besorgt hatte.
Ich war richtig stolz auf dieses in meinen Augen sehr schöne Fahrrad, das ich nun besaß, dank Rudolfs Hilfe und klebte zur Verzierung noch ein paar Abziehbilder auf. In dieser Zeit war sowieso Rudolf meistens mein Ansprechpartner beim

Lösen eines Problems. Er war es auch, der mir half, diesen Arbeitsplatz zu bekommen.

Im darauffolgenden Sommer half ich Rudolf während meines Urlaubes bei der Heuernte. Damals hatte er schon einen Heuauflader, der am Traktor angehängt wurde und mittels Zapfwelle das Heu auf den Wagen transportierte. Ich durfte also mit dem Traktor fahren und Rudolf setzte das Heu auf dem Wagen an, damit bei jeder Fuhre möglichst viel aufgeladen werden konnte und trotzdem beim Heimfahren nichts verloren ging.

Leider hatte er vergessen, eine Leiter mitzunehmen, um am Ende vom vollen Wagen zu steigen. Nun saß er da oben und konnte nicht mehr herunter. Da war guter Rat teuer. Normalerweise blieb die Maschine auf der Wiese stehen, bis der Wagen abgeladen war und neu beladen wurde. Da ich aber weder den Lader abhängen, vor allem jedoch den vollen Wagen nicht alleine am Traktor anhängen konnte, gab mir Rudolf genaue Anweisung, was ich zu tun hatte und was ich auf der Straße berücksichtigen müsse, um mit dem kompletten Gespann heil nach Hause zu kommen. Obwohl ich auf Acker oder Wiese sehr gerne Traktor fuhr, war diese Fahrt von etwa drei oder vier Kilometern auf der Landstraße und durchs Dorf mit Kurven doch eine ganz andere Herausforderung für mich.

Endlich daheim angekommen, war es noch meine Aufgabe, die Leiter, die damals aus Holz und sehr schwer war, an den Wagen zu bringen, und genau so hinzustellen, wie Rudolf anschaffte, damit er endlich absteigen konnte und wieder festen Boden unter den Füßen hatte. Es tat gut, ein großes Lob von ihm zu erhalten, weil ich das so prima gemeistert hatte.

Während der Zeit des Rübenhackens war es allerdings manchmal stressig, wenn Anna bei mir übernachtete und dafür sorgte, dass ich von fünf bis gegen sieben mit ihr auf den Acker sollte, um Rüben zu hacken. Um acht musste ich nämlich im Büro sein. Aber Rudolf zuliebe tat ich es eben. Er hatte schließlich sämtliche Arbeiten im Stall und auf den Feldern nur mit Unterstützung von Mutter zu bewältigen. Im Alter von Siebzehn begann ich mit der Fahrschule und besuchte noch die Berufsaufbauschule an zwei Abenden die Woche. Viel Freizeit hatte ich in diesen Jahren nicht. Ich erlebte trotzdem mit den neuen Schulkameraden auch manches Abenteuer und wir haben zum Teil bis heute Verbindung. Als ich den Führerschein hatte, schaute sich Alfred

nach einem passenden Auto für mich um. Am liebsten hätte ich eine Ente gehabt. Leider war nirgends eine solche aufzutreiben. Dafür fand er für mich jemanden, der seine Diane verkaufte.

Das war auch eine Ente, aber nicht die ganz kleine, sondern eine etwas größere, mit sage und schreibe 23 PS. Das war genau das richtige Fahrzeug für mich. Ich war oft und viel damit unterwegs und damals eine von wenigen Schülern, die in die Berufsschule oder Aufbauschule mit dem eigenen Auto kamen. Meine Mutter hatte nämlich zuvor dafür gesorgt, dass ich möglichst viel von meinem Lohn ansparen musste. So konnte ich mir sowohl den Führerschein als auch das Auto selbst finanzieren. Darauf war ich sehr stolz.

Eines Tages parkte ein Mitschüler aus der Parallelklasse seinen VW-Käfer vor meinem Citroen. Einige Burschen wollten ihn ärgern und hoben sein Fahrzeug an und stellten es nebenan in die Wiese. Aus unerfindlichen Gründen meinte er, ich hätte damit etwas zu tun. So mobilisierte er ein Horde Mitschüler, um mein Auto ebenfalls in die Wiese zu heben. Leider haben sie nicht bedacht wie sehr so eine Ente aus den Federn kommt und nicht vom Boden wegzukriegen ist. Sie plagten sich also umsonst und als ich mit einer Kameradin zum Auto kam mussten wir herzhaft lachen über die Burschen, die sich abmühten und doch nichts erreichten.

Zu der Zeit war Irmgard nach Abschluss ihrer Ausbildung zur ländlichen Hauswirtschafterin bereits in der Schweiz. Sie hatte sich in diesem Land eine Arbeitsstelle gesucht, weil das schon seit der Jugendzeit ihr Traum war. Dorthin lud sie mich im Sommer ein, Urlaub zu machen. Das tat ich sehr gerne. Wir hatten eine wunderschöne Zeit zusammen. Haben wir uns doch nur noch selten gesehen. WhatsApp und Mail gab es schließlich noch nicht. Nur die gute alte

Post. Da musste ich immer sparen, dass ich mir die Brief-
marken leisten konnte. Ich hatte in diesem Alter mehrere
Briefe zu schreiben.

Als ich bei ihr war, hatte sie kurze Zeit zuvor ihren späteren
Mann kennengelernt. Wir machten viele gemeinsame Ausflüge und er zeigte uns viel von diesem schönen Land. Da
sie jedoch nicht wusste, ob das mit ihm auf Dauer bestand
haben würde, bat sie mich, daheim noch nichts von ihm zu
erzählen. Sie wusste, dass sie sich auf mich verlassen
konnte. Als der Rest der Familie davon erfuhr, waren einige
etwas ungehalten, weil ich ihnen nichts erzählt hatte. Aber
ich machte allen klar, dass man mir Anvertrautes, mit der
Bitte, es für mich zu behalten, nie erzählen würde. Darauf
könnten sich alle verlassen. Und keinem der Geschwister
würde es gefallen, sich nicht in ähnlicher Situation auf mich
verlassen zu können.

Bei Irmgard in der Schweiz

Noch zwei Gedichte, die in den letzten Jahren entstanden sind und Begebenheiten aus der Kindheit widerspiegeln:

Anna

Anna ging in unserem Haus
wirklich täglich ein und aus.
Sie half der Mutter beim Flicken und Nähen
und um bei den Kindern nach dem Rechten zu sehen.

Sie sorgte, dass man zu arbeiten hätte
weil man dann keinen Blödsinn machen täte.
Drum war sie nicht immer gern gesehen
und manche Dinge sind deshalb geschehen.

Anna fuhr Fahrrad und auf ihrem Sattel
sie einen selbst gehäkelten Überzug hatte.
Der war ziemlich dick und diente dem Zwecke
dass der Sattel eine bessere Polsterung hätte.

Bei ihrem Regiment sie nicht überlegte,
doch die Jugend sich gern dafür rächte,
meine Geschwister waren stets einfallsreich
und setzten manches in die Tat um sogleich.

Da wurden schon mal Brennnesseln gepflückt
und diese dann fein säuberlich
unter diesen Überzug auf den Sattel gelegt
glatt gestrichen, dass keinen Verdacht sie hegt.

Leider erfuhren die Täter nie
zu welcher Zeit, also wann und wie
Anna unterm Hintern ein Jucken verspürte
und das zurück auf die Brennnesseln führte.

Nie sie nämlich am nächsten Tag
vor der Jugend die Blöße sich gab -
sie wollte ihnen nicht noch eine Freude machen
für diese, wie sie meinte, so albernen Sachen.

Doch es war ihre Idee lange vorher,
dass sie Brennnesseln brachte daher
und ermunterte die Jugend, diese schön eben
einem anderen auf den Sattel zu legen.

Die taten das damals, doch der alte Herr
meinte, das sei halt ein Jugendscherz
und es hätte ihm nicht wirklich was getan
schließlich hätte er dicke Hosen an.

So musste Anna die Erfahrung machen,
dass die vermeintlich lustigen Sachen
oft nicht zu freudigem Ergebnis führt,
wenn man sie am eigenen Leibe verspürt.

(Gertrud Hörr, 2020)

Dr. Hogama

Dr „Hogama" im Gumpagraba
der hot uns z fürchta lehra gsollt
doch weil mir halt o neigierig wara
hon mir dean oifach seha gwollt.

Also nix wia na auf d Bruck
und in dr Mitta schtanda blieba
möglichscht lang ins Wasser guckt
oimol wird der sich doch zoiga.

Gseha hon mir dean doch nia
in deam Wasser drin, deam driaba
manchmol hot sich scha was griart
doch „der" isch verschwunda blieba.

Wo d Muadr dann in schpätre Johr
bei mir manchen Bsuach hot gmacht
hab i bei so am Schwätzle o
von friahr des amol so gsagt.

Do hots an rechta Schrecka kriagt
was sei hätt kennt wegs solche Sacha
doch zom Glick isch nix passiert
und heit kenn mr dribr lacha.

(Gertrud Hörr, 2003)

120

Nun folgt der zweite Teil

Ein paar lustige Geschichten und Streiche meiner Geschwister.

An manche Dinge, die sie anstellten, kann ich mich noch dunkel erinnern, aber vieles geschah, bevor ich es bewusst erlebte.

Geschichten von und mit Heinz

Neben der Straße war entlang der Grundstücke ein schma-
ler Graben. An der Böschung wuchsen jede Menge Brennnesseln. Anneliese saß als Kind in einem Bollerwagen und
Heinz, der etwas älter war, hatte sie fleißig geschoben. Er
machte Blödsinn und schob sie mehrmals Richtung Ab-
grund, um sie im letzten Moment zurückzuziehen. Irgendwann jedoch trieb er es zu bunt und der Wagen entglitt
ihm. Anneliese lag im Graben in dem schmutzigen Wasser.
Da war eine entsprechende Zurechtweisung fällig.

– Vaters Motorrad, ein Sachs –

Die Burschen drehten oft im Hof und ums Haus ihre Runden
mit Vaters Motorrad. Meistens jedoch nur, wenn Vater
nicht zuhause war. Einmal war gerade Heinz an der Reihe
als Vater heimkam. Vor lauter Schreck, erwischt zu werden,
sprang er herunter, warf das noch laufende Motorrad zu
Boden und sprang davon. So fand der Hausherr seine Maschine im Hof liegend mit sich drehendem Hinterrad. Ob er
je erfahren hatte, wer der Übeltäter war?
Einmal legten sie an der Betonwand, die den Misthaufen
eingrenzte, ein Brett an und versuchten hinaufzufahren.
Leider kann sich keiner mehr genau erinnern, ob die Fahrt
mit harter oder weicher Landung endete.
Eine Fahrt hätte beinahe ein böses Ende genommen. Da
suchten sie sich als Rennstrecke den Garten hinter dem

Haus aus. Dort waren Wäscheleinen gespannt. Aus später nicht mehr nachvollziehbaren Gründen hing eine Leine relativ weit nach unten. Ernst versuchte durch treten (wie beim Fahrrad) das Gefährt in Gang zu bringen. Dazu stand er in den Pedalen. Im letzten Moment erkannte er die Gefahr und konnte gerade noch rechtzeitig den Kopf einziehen.

Heinz bekam mit, dass Rudolf und Ernst einkaufen gingen. Das spielte sich folgendermaßen ab:
Leider hatten die beiden kein Geld. Sie überlegten sich eine Strategie, wie sie trotzdem ihre Wünsche erfüllen könnten und hatten auch bald eine Lösung für ihr Problem. Sie holten aus den Legenestern im Hühnerstall frische Eier als Zahlungsmittel und gingen damit ins Lebensmittelgeschäft. Die Besitzerin nahm diese auch entgegen und gab ihnen die gewünschte Ware. Als Heinz klar wurde, wie die Brüder das angestellt hatten, startete auch er einen Versuch. Allerdings nahm er die abgezählten Eier aus der Speisekammer, die zum Verkauf bereit standen.
Als die Eltern bemerkten, dass Eier fehlten, machte sich Vater auf den Weg zum Geschäft. Die Inhaberin verriet ihm wohl oder übel, dass Heinz an diesem Tag mit Eiern eingekauft hatte. So war er schnell entlarvt und bekam seine Standpauke. Er versuchte es kein zweites Mal.

Geschichten von und mit Anneliese

Als Anneliese mit einigen Geschwistern Dummheiten machte und sie einander hinterher rannten, ging es für sie schmerzhaft aus. Sie wollte den anderen davon rennen und suchte eiligst den Weg ins Haus. Leider konnte sie die Tür nicht so schnell öffnen, wie sie wollte. Nun war ihr Pech, dass in der Tür eine Glasscheibe eingesetzt war. Weil Annelieses Kopf schneller war als ihre Hände, stieß sie ihn in die Glasscheibe, dass diese zerbrach. Anneliese war gezeichnet von einer großen Schnittwunde an der Stirn. Mutter hätte sie am liebsten zu einem Arzt gebracht, aber Anneliese hatte große Angst und wollte absolut nicht dorthin. Also ließ sich Mutter erweichen, sie säuberte die Wunde, zog sie so gut es ging mit einem Pflaster zusammen und wollte einen Tag abwarten. Tatsächlich sah die Wunde am anderen Tag nicht mehr so schlimm aus, also war Mutter bereit, sie weiter selbst zu versorgen und zu beobachten. Jammern über Schmerzen konnte sie sich allerdings sparen und Mitleid konnte sie auch nicht erwarten. Mutter sagte nur: „Selber schuld, du dumme Henne! Hättest aufgepasst!"
Bis heute schmückt eine etwas krumme, jedoch nur noch wenig sichtbare Narbe Annelieses Stirn.

Anneliese war eine Naschkatze und das machten sich auch die jüngeren Geschwister zunutze.
Früher bekamen die Bauern von der Zuckerfabrik den Zucker in Papiersäcken nach Hause geliefert. Der lose Zucker

befand sich meines Wissens in Zentner-Säcken, der Würfel-zucker in halb so großen.

Anneliese und ihre Freundin gleichen Namens naschten mangels anderer Möglichkeiten Würfelzucker direkt aus dem Sack. Als Mutter es entdeckte, bekam Anneliese dafür eine entsprechende Ermahnung und die Aufforderung, dies zukünftig zu unterlassen. Natürlich wollte Anneliese dieses Szenario in Zukunft vermeiden, ohne jedoch aufs Naschen verzichten zu müssen. Deshalb war Schlauheit gefragt. Mutig machte sie in diesen Papiersack auf der Rückseite unten am Boden ein kleines Loch. Mit ihren Fingern fischte sie so Würfel für Würfel heraus und verriet diese Technik auch den Brüdern, die ja ebenfalls weiterhin naschen wollten.

So bemerkte Mutter die Aktion „Zucker stibitzen" erst sehr spät. Ungeöffnet sah der Sack von oben aus wie neu, mit der Zeit wurde er jedoch immer schiefer und schiefer. Bei der Entdeckung des Loches hatte Mutter zuerst eine Maus im Verdacht. Weil sie jedoch keines dieser Tierchen in der gestellten Falle fand, wurde sie misstrauisch. So flog die Methode der Naschkatzen irgendwann auf.

Allerdings amüsierte sich Mutter im Nachhinein selbst über den Ideenreichtum ihrer Kinder.

Eine Geschichte von und mit Rudolf

Rudolf sollte einmal den Kinderwagen mit seinem fünf Jahre jüngeren Bruder Alfred vom Feld nach Hause schieben. Ein ziemlich weiter Weg lag vor ihm und das gefiel ihm gar nicht. Also überlegten die Erwachsenen wie dieses Problem zu lösen wäre. Tatsächlich fanden sie eine Möglichkeit. Rudolf durfte sich hinten auf den am Traktor oder Pferdefuhrwerk, das wissen die betreffenden Personen nicht mehr so genau, angehängten Leiterwagen setzen. Praktisch gegen die Fahrtrichtung und den Kinderwagen samt dem kleinen Brüderchen hinterher ziehen. Als es jedoch daheim um die Kurve zur Hofeinfahrt hineinging, war Rudolf des Lenkens nicht mächtig. Also rollte der Kinderwagen Richtung Graben, fiel um und Alfred landete mitten in den Brennnesseln. Das darauf folgende Schreien war weithin zu hören.

Geschichten von Ernst und Anneliese

– Bollen-Geschichte –

In der Zeit als Ernst zur Mittelschule (heute Realschule) nach Heilig Kreuz in Donauwörth ging, kam er immer erst nachmittags heim und musste noch lernen. Weil Anneliese die Sonne nicht ertrug, musste sie den Haushalt machen und manchmal auf uns kleineren Schwestern aufpassen, während Mutter mit aufs Feld ging.

Da die beiden jedoch nicht nur fleißig sein wollten und gerne naschten, schufen sie währenddessen Abhilfe für dieses Problem. Da Anneliese bereits Erfahrung in Kochen und Backen hatte, fabrizierte sie aus Fett, Haferflocken, Kakao und Zucker als Hauptzutaten so genannte „Bolla", also runde Kugeln. Diese legte sie auf Butterbrotpapier. Anschließend mussten sie an einem kühlen Ort trocknen. Das war ohne Kühlschrank nicht so einfach in den Sommertagen. Da Not bekanntlich erfinderisch macht, kam den Beiden rasch eine Idee. Die Speisekammer war der kühlste Raum. Also deponierten sie die „Bolla" auf dem kalten Boden unter dem Fliegenschrank. Das war ein Schrank, an dem die Türen mit Fliegengitter bespannt waren. Darin wurde Rauchfleisch, Würste und dergleichen mehr aufbewahrt, weil diese Lebensmittel Luft brauchten und gleichzeitig vor Fliegen geschützt werden mussten. Da „Bolla" auf Vorrat angefertigt wurden, mussten sie gut versteckt werden. Doch irgendwann flog ihr Versteck auf. Vermutlich war schlechtes Wetter und Mutter war deswegen zuhause. So konnten sie ihr Lager nicht räumen und ihre Süßigkeiten auch nicht genießen.

An einem Samstag kam es, wie es kommen musste, Mutter putzte die Böden im Haus wieder einmal selbst. Dabei fing sie in der Speisekammer an. Gründlich wie Mutter war, wischte sie auch ganz nach hinten unter den Fliegenschrank. Sie erschrak gehörig, als plötzlich ein dunkles Etwas hervorgerollt kam und gleich darauf noch mehrere dieser Art. So entdeckte sie das geheime Versteck und das Treiben der Geschwister. Das war das Ende der geheimen Nascherei.

– Weinprobe –

So wie Ernst und Anneliese Gelüste nach Süßem entwickelten, lag ihnen auch der Sinn danach, Vaters bescheidenes Weinlager zu probieren. Schließlich war es nicht so interessant, immer nur Most, Süßmost oder zwischendurch sauren Sprudel zu trinken. Meistens gab es tagsüber sowieso Kräutertee. Es sollte also etwas nicht Alltägliches sein. Ohne Kenntnisse studierten sie die Etiketten und entschieden sich für eine Flasche, die Eindruck machte. Sie zogen den Korken heraus, schenkten sich etwas ein und probierten. „Pah!" Der war sauer! Jetzt was tun mit der geöffneten Flasche? Den ganzen Wein wegschütten? Das wäre eine Sünde. So füllten sie den fehlenden Inhalt mit Wasser auf. Schließlich sollte Vater nichts davon merken. Danach drückten sie den Korken wieder möglichst gut in die Flasche und versuchten, den Einstich vom Korkenzieher mit den Fingern zu „behandeln", dass so gut wie nichts davon zu sehen war. Die verschiedenen Kappen über dem Verschluss gab es zu der Zeit noch nicht. Zumindest nicht bei dieser Qualität. So wurde diese Flasche wieder unter den Bestand gelegt.

Sie gaben sich noch nicht geschlagen und starteten einen erneuten Versuch. Rein nach Gefühl und Gestaltung vom Etikett die nächste Flasche schnell ausgewählt, ebenso aufgemacht und probiert. „Bääh!" der gleiche Reinfall wie zuvor! Was folgte zwangsläufig? Die gleiche Auffüll- und Verschlussprozedur wie zuvor.
Ein dritter Versuch wurde verworfen. Nach zwei Fehlschlägen waren die Gelüste weg und die Beiden sind auf dem Boden der Tatsachen angekommen und brachen die Weinprobe ab.
Ab und zu fragten sie sich schon, wer wohl die zwei Probierflaschen getrunken und was der oder die Genießer dabei gedacht hatten.

– Astin-Mann –

Sicher kennt heute kaum mehr jemand, wer der Astin-Mann war. Astin-Erzeugnisse waren Zusatzfutter für die Tiere. Und der Astin-Mann war der Vertreter der Firma, der dieses Zeug den Bauern verkaufte. Anfangs kam er mit dem Fahrrad, später jedoch mit einem Goggo.

Anna Stiefel, von den meisten mit Spitznamen nur „Sputnik" genannt, welche bereits genauso wie der Astin- Mann in meinen Erzählungen vorkommt, hat ihn vermutlich gern gesehen. Eher aber umgekehrt. Anna wollte gerne Junggesellen und Jungfrauen verkuppeln. Dies versuchte sie noch bis in die späteren Jahre. Sie selbst ging stets leer aus, weil sie sehr wählerisch war. Gefiel ihr doch mal einer, war es wohl umgekehrt.

Eines Tages kam also „Sputnik" auf die Idee, dass sie dem Astin-Mann sein Goggo entführen könnte. Da er dieses bei seinen Verkaufsgesprächen in den Häusern immer unverschlossen im Hof stehen ließ, war das nicht allzu schwer. So stiftete sie Anneliese und Ernst an, bei diesem Blödsinn behilflich zu sein. Ernst war der Kleinste und durfte hinters Steuer sitzen. Die beiden „Damen" schoben und so landete das Fahrzeug hinter Onkel Willis Haus beim Schweinestall. Nach getaner Aktion gingen sie wieder an Ihre Arbeit, als wäre nichts gewesen. Anna hielt sich jedoch bewusst in der Nähe der Eingangstüre auf. Natürlich war sie neugierig auf die Reaktion des Mannes, wenn er feststellte, dass sein für ihn so wertvolles Goggo nicht am von ihm abgestellten Platz steht. Als der Astin-Mann dann also weiter wollte, schaute er ungläubig im Hof in die Runde, lief zur Straße und zweifelte schließlich fast an sich selbst. Halblaut murmelte er mehr zu sich selbst: „Wo hab ich denn nur mein

Auto stehen lassen? Bin ich etwa zu Fuß vom letzten Bauern hier her gekommen?" Anna tat als überlege sie und meinte scheinheilig: „Waren Sie nicht vorher beim Klopfer? Hat Sie etwa die ´Mare´ (Maria, die reifere Tochter dieses Bauern) so durcheinander gebracht? Sind Sie am Ende von dort hergelaufen und Ihr Auto steht immer noch dort im Hof?"

Der gute Mann war total verunsichert und machte sich auf den Weg dorthin. Nach einiger Zeit kam er unverrichteter Dinge wieder zurück. So ließen die „Weiber" den armen Mann im halben Dorf nach seinem Goggo suchen, beobachteten ihn und amüsierten sich köstlich darüber. Leider ist es nicht mehr ganz klar, aber vermutlich ging Anna noch mit ihm hinter Onkel Willis Haus. Später fragten sich Ernst und Anneliese, ob das etwa Annas eigentlicher Grund war, das Goggo dort hinten zu verstecken

Geschichten von und mit Alfred

– Alfreds Schutzengel –

Früher musste im Sommer die Milch folgendermaßen ge-
kühlt werden: Eine große Zinkwanne wurde an einem möglichst kühlen Ort mit kaltem Wasser gefüllt und die Milchkannen, die abends befüllt wurden, wurden über Nacht in
dieses Wasser gestellt.
Bei uns stand diese Zinkwanne in der Waschküche, die sich
kurz vor dem Hinterausgang des Hauses befand. Niemand
in der Küche bemerkte, dass Alfred - damals ein kleines
Kind - sich davongeschlichen hatte. Als Tante Gertrud, die
oft in Heissesheim war, an der Waschküche vorbei zur Toi-
lette ging, hörte sie ein plätschern, das sie nicht genau ein-
ordnen konnte. Sie schaute nach und entdeckte den kleinen Alfred in der mit Wasser gefüllten Wanne. Buchstäblich
in letzter Sekunde rettete sie ihm das Leben.
Dieses Bad hat ihm für sein späteres Leben nicht geschadet.
Er hatte gemeinsam mit den Brüdern und Kameraden noch
viele Einfälle.

In ihrer Freizeit haben die Burschen mit Steinschleudern ge-
schossen. Ohne ein bestimmtes Ziel war es jedoch auf
Dauer langweilig. Also nahmen sie kleine Steine und zielten
auf Tante Karolines Blumen in ihrem Garten. Deren Sohn
Willi war mit von der Partie. Also köpften sie die schönsten
blühenden Rosen. Als die Tante ihre lädierten Blumen sah,

wunderte sie sich darüber, wie es sein konnte, dass sie alle kaputt waren. Sie hatte doch gar kein Ungeziefer gesehen, welches den schönen Blüten so abrupt den Garaus gemacht hätte.

Bei Onkel und Tante lebten auch Hühner. Und mit ihnen ein angriffslustiger Gockel. Als die Jungs mit ihren Schleudern erneut im Garten unterwegs waren und Schießübung abhielten, stürmte das ungestüme Tier auf sie zu und griff sie an. Einer zielte mit seiner Schleuder und traf den Gockel so ungeschickt am Kopf, dass er auf der Stelle umkippte und tot liegen blieb. Bis er von den Erwachsenen gefunden wurde, war er leider schon kalt und konnte nicht mehr notgeschlachtet werden. So bekam er ein Grab unter der Hecke am Hühnerhof.

Auch wir hatten Hühner. War ein Huhn krank und taugte nicht mehr zur Schlachtung, musste es trotzdem geköpft und zur Entsorgung vergraben werden. Es sollte eben nicht bis zum natürlichen Tod leiden. Als Alfred für diese Arbeit auserkoren war, weil er alt genug dafür war, hatte er ein Problem. Er hatte großes Mitleid mit dem Tier und schaffte es nicht, es auf die sonst übliche Weise zu erlösen. Also schaufelte er der Henne ein Grab und stellte sie dort hinein. Er tröstete sie noch und sprach ihr Mut zu, indem er ihr sagte, dass er sie nur von ihrem Leiden erlösen wolle. Also nahm er den Flobert, das war ein Gewehr mit 9mm-Doppelschrot-Munition, zur Hand und jagte dem kranken Huhn hautnah Schrot in den Kopf. Von dieser Methode nahm er an, dass sie sanfter wäre, als dem Huhn den Kopf abzuhacken und Blut fließen zu lassen. Außerdem war das Huhn schon im Grabe und musste nur noch beerdigt werden.

Des Öfteren waren Onkel und Tante abends bei uns. Wohnten sie doch nur nebenan. So manches Mal wurde Onkel Willi müde und schlief im Sitzen ein. Das war eine passende Gelegenheit, ihm einen Streich zu spielen. Die Jungs nutzten diese Zeit und banden ihn mittels der Lasche, die er hinten an der Jacke hatte, an der Stuhllehne fest. Als es Zeit war, nach Hause zu gehen, weckte ihn die Tante auf. Er wollte von seinem Sitzplatz aufstehen, was jedoch nicht möglich war. Der Stuhl erhob sich mit ihm. Er nahm ein paarmal Anlauf und meinte lapidar: „Muadr, i glob i bin ababbt!" (Heißt zu Deutsch: Mutter, ich glaub ich bin angeklebt). Erst als alle herzhaft lachten, merkte er, was geschehen war und ließ sich befreien.

Verschiedene Gelegenheiten nutzten die Burschen, um Tiere mit Alkohol zu versorgen.
Onkel Willis Schäferhund mochte so gerne Plätzchen. Also hatten sie die Idee, diese vor Verabreichen an den Hund mit Wein zu tränken. Mit wahrer Begeisterung fraß das Tier das so für ihn auch schmackhafte Gebäck. Nach reichlichem Genuss war er allerdings ziemlich besoffen und nicht mehr imstande, aufrecht zu stehen.

Ähnlich verhielt es sich mit einer Hühnerschar in einem Biergarten, während Alfred dort als Jugendlicher mit Kumpels saß. Da liefen die Hühner zwischen den Tischen umher und suchten nach Futter. Die Halbstarken hatten nichts Besseres zu tun, als das suchende Federvieh zu füttern. Jedoch sehr hinterlistig. Sie füllten etliche Spätzle in eine Salatschüssel und gossen Schnaps dazu. Den Hühnern schmeckte es, aber die Folgen waren schnell sichtbar, als sie zwischen den Tischen torkelten. Damals fanden sie es lustig.

Und als die Tauben eines Bekannten allzu aufdringlich wurden bei einer Zusammenkunft in dessen Garten, halfen sie ebenfalls entsprechend nach. Sie tränkten deren Weizen mit Most. So hatte das Futter auch für diese Tiere Nebenwirkungen. Sie flatterten unkoordiniert durch den Garten und prallten reihenweise ans Scheunentor bzw. gegen die Mauer.

Inzwischen findet er es nicht mehr ganz so lustig wie in der Jugend, aber in einem bestimmten Alter unter Gruppenzwang passieren eben Dummheiten. Dennoch kann er auch heute noch über diese Scherze lachen.

Anna war sowieso immer ein willkommenes Opfer für Schabernack. Als in der Osterzeit Eier gefärbt wurden, bekam Anna auch welche davon. Schließlich war sie immer fleißig. Das Färben erledigte meistens Anneliese. Alfred holte im Hühnerstall zwei Gipseier, putzte sie sauber und färbte sie ebenfalls bunt. Von Annas Ration stibitzte er zwei Exemplare und tauschte sie gegen die Gipseier aus. Leider war er nicht dabei als Anna diese genießen wollte. So erfuhr er auch nie, wie sie sich wahrscheinlich darüber geärgert hat. Hatte sie doch immer einen gesunden Appetit.

Der Astin-Mann spielte in Alfreds Jugend ebenfalls eine Rolle. Hatte er sein Goggo abgestellt und war im Haus, nutzten die Jungs die Gelegenheit an eine Belohnung zu kommen. Sie steckten am fahrbaren Untersatz des guten Mannes eine Kartoffel in den Auspuff, so konnte der nicht losfahren. Mittels schieben boten sie Starthilfe an, entfernten dabei die Kartoffel und siehe da, das Goggo war fahrbereit. Als Dank für ihre Hilfe bekamen sie von seinen berühmten Schokobonbons. Dieser Trick verhalf ihnen nicht nur einmal zu Süßigkeiten.

Alfred verdiente sich sein Taschengeld gerne bei der Aufgabe, Maulwürfe zu fangen. Diese Tiere richteten damals großen Schaden an und so wurde für jedes gefangene Tier bares Geld (50 Pfennig pro Tier) bezahlt. Dazu war es jedoch notwendig, ständig die aufgestellten Fallen zu kontrollieren, die toten Tiere herauszunehmen, ihnen zum Beweis die Schwänze abzuschneiden und die Fallen neu aufzustellen. Diese Schwänze brachte er ins Gemeindeamt oder zum Ortssprecher. Der Mann zählte die Beute und händigte ihm seinen verdienten Lohn aus. Eines Tages beobachtete Alfred, dass dieser Herr die Schwänze einfach zum

Abfall warf. Das machte sich der Bursche zunutze. Er sammelte sie in einem unbeobachteten Moment wieder ein, mischte sie unter die frischen, um sie tags darauf erneut abzuliefern, um seinen Lohn zu kassieren. Eine Weile florierte dieses Geschäft, irgendwann jedoch wurde er entdeckt.

Mit diesem Verdienst konnte er sich mehr leisten als seine Brüder und kaufte sich oft Schokolade und andere Süßigkeiten. Damit die Geschwister davon nichts naschen konnten, versteckte er seine Schleckereien. Im so genannten Göppelhaus - so wurde damals die Maschinenhalle genannt - in dem die Mähmaschine stand, fand er ein passendes Versteck. An der Maschine war ein kleiner Werkzeugkasten angebracht und in diesen legte er seine Schokolade. Es dauerte jedoch nicht allzu lange, bis ihm die älteren Brüder auf die Schliche kamen und wenn Alfred nicht in der Nähe war, war es für sie nicht schwer, sich einen Anteil zu holen.

Eine Geschichte aus Irmgards Gedächtnis,

– an die ich mich nur ganz schwach erinnere.

Ein Bruder von Anna war Hobbyangler. Manchmal machte er nach einem guten Fang Besuch in Heissesheim und übergab ab und zu Fische an uns. So war es wieder einmal abgesprochen, dass er an einem Sonntagabend seine Beute bei uns abliefern sollte. Die Eltern hatten jedoch eine Einladung. Auch die Jungs waren wohl unterwegs. So bekam Irmgard den Auftrag, in eine große Wanne in der Waschküche frisches Wasser zu füllen, dass die Fische dort einen guten Aufenthalt hätten.

Als Alfred S. die Tiere aus seinen Eimern in die Wanne gleiten ließ, ermahnte er Irmgard eindringlich, Vater zu sagen, er solle vor der Nacht noch frisches Wasser einlassen. Sie versprach es. Allerdings sollten wir rechtzeitig ins Bett gehen. Folgsam wie wir meistens waren, taten wir wie uns geheißen und gingen zu Bett. Es war wohl ziemlich spät, als die Eltern nach Hause kamen. Wir schliefen längst tief und fest und nahmen die Ermahnung, die wir dem Vater kundtun sollten, mit in unsere Träume. Als Vater morgens in die Waschküche kam und sah, dass dort die Fische mehr rücklings als bäuchlings schwimmen sah, registrierte er sofort, dass er am Abend ebenso wenig an diese Tiere gedacht hatte, wie wir ihn an den nötigen Wassertausch erinnern konnten. Eilig gab er frisches Wasser in die Wanne und siehe da, die Fische erholten sich schnell und schwammen den kurzen Rest ihres Lebens wieder munter ihre Bahnen.

Eine Geschichte von Irmgard, aus der Zeit, als ich auf Reisen war

Mutter erklärte Irmgard eingehend, dass ich für sechs Wochen mit Suse an den Bodensee zu Tante Gertrud dürfe. Genau in dieser Zeit sollte unser Vetter Heinz bei uns Ferien machen, damit sie trotzdem einen Spielkameraden hätte. Als die Ferien um waren, kam jedoch alles anders. Die Eltern stellten fest, dass Onkel Gustav mich nicht wie vereinbart zurückbrachte, sondern direkt von Heidelberg zu uns kam und Heinz nach Hause holte. Mutter wurde unruhig, weil Onkel Gustav und auch Tante Gertrud die getroffene Absprache nicht eingehalten hatten.

Von alledem bekam ich nichts mit. Mir ging es gut. Ich war doch auch noch relativ klein mit etwas mehr als fünf Jahren und weit weg von daheim.

Irmgard merkte jedoch die Unruhe, die zwischen den Eltern herrschte. Sie bekam auch die Gespräche oftmals mit, als sie wieder über das weitere Vorgehen berieten. Vater besaß weder Auto noch Führerschein und die älteren Geschwister waren ebenfalls alle zu jung. So bekam Vater von Mutter den Auftrag, endlich jemand zu finden, der mich nach Hause holen könnte.

In dieser Zeit kam jedoch die Krankheit meiner Mutter dazwischen. Ihre Blinddarmentzündung wurde erst erkannt, als dieser bereits geplatzt war. Sie musste operiert werden und fiel als Arbeitskraft länger aus. Deshalb musste Anneliese ihre geplante Hochzeit auf das Frühjahr verschieben, um daheim das Hauswesen und die Geschwister zu versorgen. So hörte Irmgard eines Tages ein Gespräch zwischen Vater und Anneliese. Er fragte sie, ob es in dieser Situation nicht besser wäre, wenn er meine Rückholung hinauszögern würde. Sie hätte schließlich genug um die Ohren. Anneliese war mit diesem Vorschlag sofort einverstanden, schließlich konnte sie sich nicht über fehlende Arbeit beklagen. Mit ihren 19 Jahren hatte sie plötzlich den Haushalt für Vater und sechs Geschwister zu versorgen. Robert war damals noch nicht einmal zwei Jahre alt.

Einige Zeit später hörte sie wieder, dass Vater sagte, jetzt müsse er sich um meine Heimkehr kümmern. Sooft er Mutter besuchte, fragte sie, wer mich denn nun holen würde und wann. Er hätte es Mutter versprochen, dass ich daheim wäre, bis sie entlassen werde.

Irmgard konnte es zwar nicht recht verstehen, warum ich so lange nicht heimkam, sie merkte trotzdem, dass es für alle eine schwierige Situation war. Fehlte ihr doch die Mutter genauso wie ich ihr fehlte. Und einmal, kurz vor meiner Rückkehr durfte sie sogar mit Vater nach Höchstädt, um Mutter zu besuchen und er konnte gleich Beiden die Botschaft verkünden, an welchem Tag mich nun Onkel Ernst nach Hause holen würde. Sowohl Mutter als auch Irmgard waren über diese Neuigkeit erfreut. Als der Tag gekommen war, wartete Irmgard sehnsüchtig auf meine Heimkehr und konnte es kaum erwarten. Als es Abend wurde und wir immer noch nicht angekommen waren, wurden alle sehr unruhig und hofften, dass nichts dazwischen gekommen wäre. Selbst Vater war sehr aufgeregt. Als wir endlich ankamen, war ich irgendwie froh, meine Schwester wieder zu sehen. Sie kann sich noch sehr genau erinnern, dass Vater Anna ziemlich geschimpft hatte, weil sie mich auf dem Heimweg noch ins Krankenhaus geschleppt hatte.

Leider musste Mutter noch länger fort bleiben, weil sie Gürtelrose dazu bekam. Diese Tatsache von der zusätzlichen Krankheit ist nicht in meiner Erinnerung. Ich war wohl zu sehr mit mir, meinem Fernweh nach Tante Gertrud und der ganzen Situation überfordert, die ich zuhause vorfand.

Als mir Irmgard diese Geschichte erzählte, konnte ich jedoch nachvollziehen, weshalb mich Anna abends noch in dieses düstere Krankenzimmer schleppte. Sicher wollte sie der Mutter nur zeigen, dass ich tatsächlich wieder zu Hause war.

Eine Geschichte von Robert

Robert konnte meines Wissens bereits mit neun Monaten laufen und war von frühester Kindheit sehr gescheit. Im Alter von fünf Jahren, also längst vor seiner Schulzeit hat er der Mutter immer aus der Zeitung vorgelesen und aus den Schwäbischen Hauskalendern die monatlichen Sprüchlein auswendig gelernt.

Damals wurden die Schutzimpfungen für Kinder immer während der Unterrichtszeit in der Schule durchgeführt. Ein Arzt kam vom Gesundheitsamt Donauwörth nach Heissesheim in das dortige Schulhaus. Meistens kamen die Eltern dazu, oft auch mit den Kindern, die noch nicht in die Schule gingen, aber mit irgendeiner Schutzimpfung an der Reihe waren.

So kam Mutter auch mit Robert in den Unterrichtsraum. Er wusste, dass er bald in die Schule gehen würde und dass diese Frau Berchtenbreiter auch seine Lehrerin sein würde. Weil er von einer qualifizierten Lehrkraft unterrichtet werden wollte, um mehr zu lernen als er ohnehin schon konnte, fragte er die Lehrerin gleich vorsorglich: „Kasch du o ebbas?" Das ist ihm bis heute in Erinnerung geblieben.

Blasonierung

In rotem Schartenschild ein gold gehörnter silberner
Schafbock mit goldenem Halsband als Symbol der Vaterlands-
liebe, klaren und edlen Charakters und Entschlossenheit.
Auf dem bewulsteten Steckhelm mit rot/silbernen
altgotischen Decken, ein wachsender gold gehörnter silberner
Schafbock mit goldenem Halsband als Symbol der edlen
Tugenden und des Eigenwillens.

WAPPEN

Ein frontaler Schartenschild in der Farbe Rot, darin ein Silberner Schafbock mit Goldenen Hörnern und Goldenem Halsband als Symbol der Vaterlandsliebe, klaren und edlen Charakter und Entschlossenheit.

WAPPENZIER

Eine altgotisch, geloste Wappenzier un den Farben von Dunkelrot und Dunkelsilber, harmonisch den Helm und Schild umfassend.

HELM

Ein seitlich frontaler Helm in der Farbe von Silber mit einem geschlossenem Visier, einer Purpurnen Visierzier, einer Schwarz – Goldenen Beizier und einer Roten Armelzier.

HAUPTZIER

Ein Wachsender Schafbock in der Farbe Silber mit einem Goldenen Geweih und einem Goldenen Halsband, aufgesetzt auf einem Banner in den Farben von Dunkelrot und Dunkelsilber als Symbol der edlen Tugenden und Eigenwillen.

München, den 1.4.1964

Ein kurzes Portrait zur Autorin Gertrud Hörr

Gertrud Hörr wurde 1954 in Heissesheim als siebtes von acht Kindern geboren. Sie besuchte die Volksschule in Heissesheim, in Mertingen und die 9. Klasse in Asbach-Bäumenheim.

Während der anschließenden Bürotätigkeit besuchte sie zwei Jahre die Abendschule der BAS und anschließend ein Jahr in Vollzeit. Nach Abschluss mit Fachschulreife arbeitete sie in selbstständiger Verantwortung in einem Betrieb als alleinige Bürokraft. Sie war 41 Jahre verheiratet, seit 2017 verwitwet und hat zwei Söhne.

Über zehn Jahre begleitete sie im Ehrenamt pflegebedürftige und demenzkranke Senioren, um den Angehörigen ein paar freie Stunden zu ermöglichen. Das Schreiben ist schon viele Jahre ein Hobby.

Weitere Bücher der Autorin:

 Kleine Geschichten und Märchen:

ISBN: 9783754309087

 Gedanken aus dem Alltag:

ISBN: 9783754309117

 Gedanken für die Seele:

ISBN: 9783754309100